何澄　著
苏华　辑注

何澄诗文存稿

山西出版传媒集团
三晋出版社

三晋文化研究会
SHANXI CHINA

《近世山西学人文丛》序

李玉明

近代的中国史是一部浸透了血与火的历史，西方列强的坚船利炮打开了中国关闭已久的门户，传统中国的渐进发展被迫中断了，中华帝国曾经辉煌的历史翻开了屈辱苦难的篇章。与此同时，随着东西方文明的摩擦碰撞，东西方文化大规模的交流互通亦由此开始，中国现代化的契机到来了。

山西作为中华文明的重要发祥地，自古以来仁人志士辈出，一代又一代山西人为中华文明的赓续绵延贡献了力量。近代以来，海路渐兴，山西僻处内陆，发展趋缓，但这并不能阻挡山西人『开眼看世界』的热望：从研究西北史地之学的祁韵士、张穆，到《瀛寰志略》的作者徐继畬，山西人敲响了中华帝国『苏醒』的晨钟。

民国肇造，山西形成了以山西大学为中心辐射海内外的学术群体，省内外、海内外的学术精英一时汇聚太原。动荡的时局，频繁的战乱，激发文化人忧国忧民、关注民生，好学深思之士发愤为雄，留下了诸多学术文化成果，不仅造就了众多文化精英，也促进了山西文化和学术的发展。只是后来，抗战军兴，彻底打破了山西短暂的宁静，随之引发文献缺失，学术发展受阻，想来令人扼腕！

基于此，山西学界同人多年来一直希望通过系统整理刊布近代以来山西学人的经典著述，集思广益，推陈出新，以期有力推动山西现当代学术研究。山西省三晋文化研究会作为山西重要的学术研究社团，积极响应省委、省政府建设文化强省的战略号召，由学会议定，启动了与三晋出版社合作出版『近世山西学人文丛』这一科研出版项目。

该项目计划用五年时间，分步骤系统精选近代以来山西代表性重要学者的专著。该项目出版的第一辑，为：景梅九《景梅九自传二种》、李镜蓉《春秋左氏疑义答问笺注（外二种）》、郭象升《文学研究法·渊照楼杂著》、何澄《何澄诗文存稿》、贺凯《中国文学史纲要》、贾景德《韬园诗集》，共六种。相信随著项目不断推进，将会有更多更好的近代山西学人著述通过『文丛』这一平台问世，以供学界研究之需。

三晋文化源远流长，晋山晋水尽善尽美。努力开掘山西丰富的文化资源，为富民兴晋做出贡献，这是我们每一个三晋文化人义不容辞的担当和责任。这批『文丛』的分辑出版，由于时间紧，任务重，文献不易寻求，主持者水平有限，可能会有重要著述遗落未选，或选而未当者，亦或有疏漏错讹之处，迫切希望有识之士提出宝贵意见和建议，并提供版本线索，丰富和弥补该『文丛』的内容和不足，以期进一步提高出版质量和水平。

是为序。

《近世山西学人文丛》出版说明

清末民国，社会动荡、家园多难，但学术文化界感于时事，思想十分活跃，涌现出一批学界大师，高水平的学术著作相继问世。山西也同全国一样，产生了不少知名学者和有价值的学术著述。但是，从建国至今，半个世纪以来，学界对这一时期山西学术文化著述，未曾有系统全面的收集整理，造成了学术文化发展的断层。少数学人著作虽曾被零散地单行出版，但不成规模，远不能适应学术文化的继承和创新发展。近年来，民国历史文化的研究趋热，而山西近世文献大量散佚，令人痛心。

时逢改革开放盛世，中共山西省委、省政府适时做出建设文化强省的战略决策，对历史文化成果的收集整理成为当务之急。有鉴于此，山西省三晋文化研究会在省委宣传部大力支持下，启动了这项『近世山西学人文丛』的文化工程，由三晋文化研究会与三晋出版社精诚合作，选其精品，计划用五年左右时间，每年分辑出版若干种。二〇一四年第一辑收集贺凯《中国文学史纲要》等，先行推出，今后将继续逐年推出若干种，以应学术研究工作之需。

尽管我们尽心竭力，向社会各界广泛搜求旧作和文稿，精心加工整理，或重排加注，或原稿照排，力求展示原作面貌，并在排印质量上有新的提高，但由于水平有限，人手缺乏，已出版者犹有遴选失当、文字错讹等不尽如人意之处。在此，祈望读者和广大研究工作者提出建议和批评，并推荐精品，补充遗佚，纠正错讹，以促使此项工程更加完善。

《何澄诗文存稿》前言

关于作者

何澄，生于清光绪六年（一八八〇）五月三十一日，卒于一九四六年五月十一日。原名何厚侗，字子文，号亚农，后号真山，清代文化世族灵石两渡何氏第十五世孙。初为太学生，光绪二十三年（一八九七），入读北方学术重镇直隶莲池书院东文学堂。光绪二十八年（一九〇二）六月，随莲池书院山长、桐城派古文学家吴汝纶同船前往日本，自费入清华学校学农，后改官费入振武学校、日本陆军士官学校第四期，为山西自费留学日本第一人，亦为山西有史可证第一位剪断辫子者。初到东瀛，何澄即参与了晚清新知识分子群体一系列反清活动，『成城入学』事件发生，罢课声援吴稚晖；与景梅九奔走清国驻横滨领事馆领事、同乡渠本翘，请派晋省人多来日本留学；组织军国民教育会。此后终生追随孙中山先生，是山西人在日本第一位结识孙中山，并具有国家观念的先觉者。光绪三十一年（一九〇五），经黄兴介绍，加入中国同盟会，后加入同盟会秘密核心组织『丈夫团』。因学军事，身份不能暴露，但对推翻腐朽专制的清廷的革命活动，助益良多。山西、陕西、河南等省同盟会会员结社的革命团体『明明社』秘密聚会处『何公馆』，即为其所起。而日本之有『公馆』之称，肇始者即何澄。为往国内输入革命宣传品，何澄还在天津日租界旭街（今和平路北段）开办了『利亚书局』。

光绪三十四年（一九〇八），何澄从日本陆军士官学校毕业回国后，清廷赐予武举人。后被陆军部派往通国陆军速成武备学堂（即后来的保定陆军军官学校）任兵学教官。宣统元年（一九〇九），进入清廷陆军部军谘处及后来独立出来的军谘府，在第二厅任科员职。

宣统三年（一九一一）春，任京师大学堂高等课教习（北京大学前身）。同年七月，在北京创办晚清军事理论杂志《军华》月刊，是为中国最早军事理论杂志的创办者。

辛亥革命爆发，赴沪与陈其美、黄郛等共同发动上海起义，并任沪军都督府精锐之师第二师（民国肇建后，番号改为第二十三师）师参谋长，其下属即有蒋介石及其终生幕僚张群等一批民国军政要人。南北议和时，任招待员。

一九一二年八月，与师长黄郛将第二十三师自行裁撤，开启了把军权交还国家的第一例。

一九一三年，定居苏州。在十全街『灵石何寓』先后建造私宅『两渡书屋』和后来成为江南文人雅集的名楼——『灌木楼』。在袁世凯疯狂逮捕肇建共和的革命党人之时，大义凛然，亲书界石『灵石共和堂何』，立于『灵石何寓』界墙。同年，开办益亚织布厂，生产『爱国』丝光布，很受南洋等地华侨的喜爱。

一九二六年，投身到北伐革命事业之中，系北伐革命军和南京国民政府派到山西的常驻代表，成功说服阎锡山公开拥蒋易帜。

一九二八年，出任沧石铁路工程局局长。因莫须有的『私订贷款合同』，被时任铁道部部长孙科撤职，由是自嘲为『有官无路』的铁路局长。至此，拒不出任任何政府实职，只以在野身份帮国家做事，并自嘲为『在野要人』。

一九三三年，担任国民政府行政院驻平政务整理委员会高等顾问。在『华北事变』期间，曾五次秘访日本，代表中方与日方折冲。抗日战争爆发后，受重庆国民政府委派，在上海、苏州等地与汪伪汉奸集团暗战，参与多起中日外交秘密谈判。其间，作有大量讽刺汉奸、忧国忧民的诗作，部分在上海的《大众》月刊公开发表。

一九四五年七月，从苏州赴北平，准备转赴山西吉县克难坡和阎锡山等山西乡党晤面，再前往重庆，后因交通受阻，滞留北平。一九四六年五月十一日，因患脑血栓症在北平东交民巷法国医院逝世。

何澄系民国年间大收藏家之一。一九三二年与陈子清、张紫东、吴湖帆、张善孖、王季迁、邹百耐、管一得、潘博山、张大千、彭恭甫、朱梅邨、潘子义和吴诗初共同发起颇有影响的书画研究会『正社』，并被推为社长，为切实研究艺术做出不可磨灭的贡献。身后，平生所藏一千二百九十八件国家三级以上文物及七十二钮印章、印材，皆由子女捐赠给苏州博物馆和南京博物院；其私园『网师园』（被联合国教科文组织列入世界文化遗产名录）亦由子女捐献给国家。

关于何澄的诗

二十世纪三十年代，何澄即有诗名，尤善打油诗，被誉为『打油博士』。抗日战争爆发，作了大量讽刺汉奸的打油诗和寄怀亲友的诗作。这些诗作，主要刊发在《大众》月刊，有的竟镌刻在一块微雕象牙方牌、三块象牙圆牌上，另有一些则直接寄给在外族侵略中国时投敌并出任汪伪汉奸政府要职的故旧，如王揖唐、赵尊岳等人，尚有一些未刊的手稿。

《大众》月刊从一九四二年创刊，至一九四五年七月休刊，共出版三十二期。何澄在其上刊出四十余首诗作，几乎期期都有诗作在『诗』栏目刊出，为其公开发表诗作的主要阵地。抗战军兴，同仇敌忾，用旧体诗词表达哀愤心情的，不乏其人，但像何澄这样，在沦陷区，在日伪鼻子底下，从抗战开始到抗日战争胜利，一直写打油诗痛斥汉奸的，似不多见。何澄的这些抗日诗作，让我们看到了一个大义凛然的独侠勇士，以诗为匕首，投向外敌和内奸，致其屠肠决肺而后快，彰显出愤世嫉邪的不屈脊骨。何澄品评汉奸人物，嬉笑怒骂，多用祸害中华罪人的历史典故，亦有指名道姓的讽刺挖苦，如王克敏、岑德广、潘三省、吴世宝。诚如同乡景耀月在《亚农兄以诗见赠依韵和答》所言：『吾子今操月旦评，阳秋皮里气分明。黄钟大吕言言重，泰岳鸿毛事事轻。巢许帝王犹见让，蛣蜣屎溺却交争。黄冠顾问文山可，薇蕨西山亦漫惊。』

关于何澄诗作的艺术水平，旧体诗大家寓真先生曾有评价：『何澄有「打油博士」之称，善于写政治打油诗，以诗讥讽汉奸和那些庸官俗吏。但他的每一首诗，即使是打油诗，也都严格按照格律与平水韵写作，绝无违律问题，因而能达到亦庄亦谐，并无流俗之病。他的诗作韵律严整，并不只是文字和写作技术的问题，其中所蕴含的是审美品位和为人为文的品格，是一个文化人的素质和修养。』(《文化人志在圣贤——读传记文学〈何澄〉》，《文艺报》，二〇一二年五月九日)是为定评。

何澄的唱和诗，至今尤有史料价值，如与景耀月、侯少白、何其巩，如张丹斧、吴谷宜，等等。

何澄的诗稿，编者以先生尊崇傅山的气节，晚年自署『真山』，故以《真山诗草》编为一辑，内中分别以先生早年所号『两渡村人』『灌木楼主人』，编为『两渡书屋集』和『灌木楼集』。

关于何澄的文

何澄最早见于公开报刊之文，始于《军华》杂志。该杂志由军国学社主办，创刊于宣统三年（一九一一）七月，终刊于辛亥革命爆发前，共出版三期。何澄在《军华》，撰写了《旅顺要塞战之研究》《新海军基本战术》《战败后之俄国近状》《中国大接济编制之研究》等文章，显示出一个军事理论家的卓越才华。由于辛亥革命爆发，主事者何澄亦转道沪上参加上海光复革命，《军华》终刊，致使这些篇幅很长的文章，大多未能刊完。因手稿不知去向，故选收刊发在《军华》杂志的文章，大多均系连载中断前的作品。

何澄再次在报刊上刊文，目前所见，仅一九二六年三月在《太平导报》（周刊，第九期）上的《论时局与粮食问题书》一篇。在这篇文章中，何澄对军阀混战给中华民国和民众造成的世事纷扰，除了痛恨，还指出根源：『我辈所见之志士伟人、军阀官僚，得志在位，纵欲自杀，失意下野，堕落忧愤，或以嗜好消遣，或以邪道运动，急于复兴，纯以个人得失为忧喜，绝不知在位时勤谨办事，去位后潜心静气研究社会上一切不明白、不熟悉的事。故纵然侥幸再得位，其根本欲为恶者，不必论矣！』

何澄所著《舟中随笔》，约在一九二六年国民革命军北伐进行时，及至南京国民政府成立之后。目前所见，只有二集、三集，存复旦大学图书馆。另有部分遗稿，藏先生三女儿何泽瑛处。二集出版于一九二六年六月，三集出版于一九二七年四月。先生分析时局的随笔，颇为时重，连胡适的好友、新月派圈子的活跃人物王徵（字文伯）都劝他再作下去。一位蒋姓友人在给何澄的信中曾说：『《舟中随笔》如有存者，望寄一二册，因友人来函索取。』可见，《舟中随笔》当年确实引人注目。抗战中兴，何澄仍作有分析时局的随笔十多篇，因多涉外交和敏感内政，已无公开印行的可能，这部分文字仍为其三女何泽瑛收藏。

何澄的文章，编者以先生晚号曾署『真山』『真山老人』，在手稿中亦有『真山随笔』的落款，故编为《真山文稿》一辑，根据分类，厘为《军华集》和

《舟中随笔》。

因学识有限，该选注本尚有不尽如人意处，希望方家批评指正；也希望《何澄诗文存稿》能嘉惠读者和学人。

苏　华　二〇一五年一月二十五日于一席书房

一九〇二年，何澄留学日本清华学校时摄

一九一二年,中华民国建立后,沪军第二师编为陆军第二十三师,前排左二为师参谋长何澄,左三为师长黄郛,左四为第五团团长张群

二十世纪二十年代末三十年代初，何澄在苏州灵石何寓“两渡书屋”与薛笃弼、赵丕廉合影

二十世纪四十年代初，何澄摄于正在修复的私园——苏州“网师园”

一九三九年，何澄摄于苏州“灌木楼”宅院

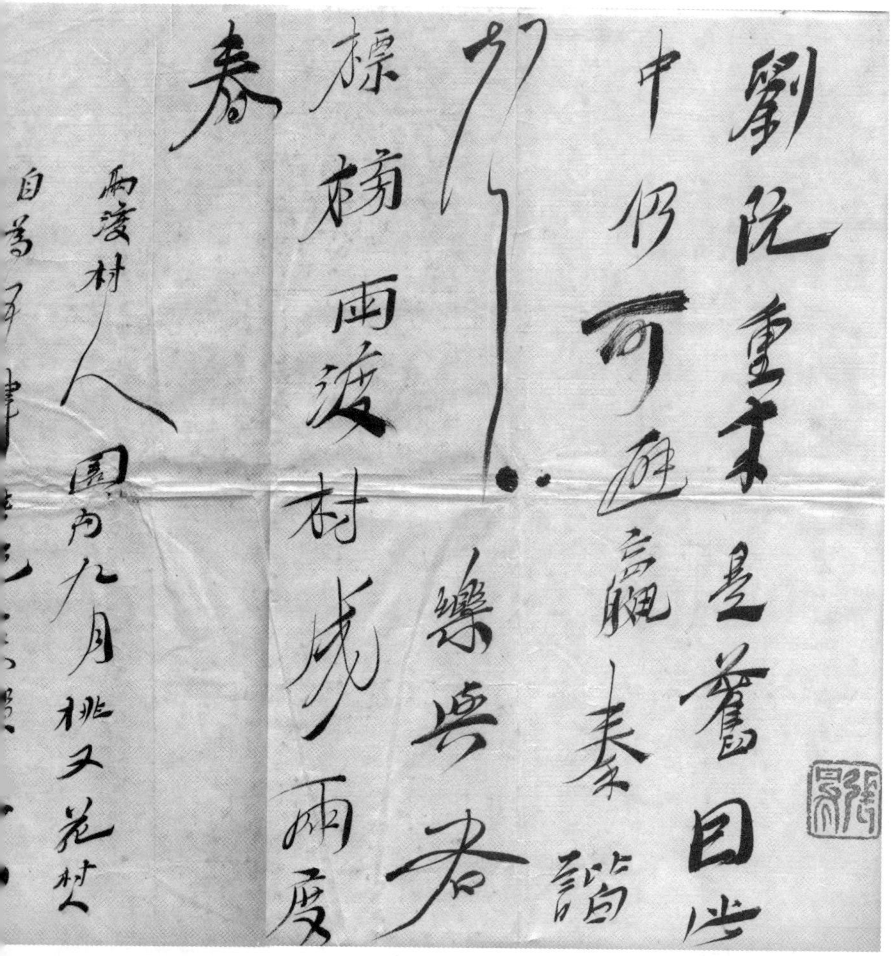
劉阮重來是舊日此中仍可聽奏譜初樂與君標榜兩渡村成兩度春

兩渡村人園內九月桃又花梵

自寫半律

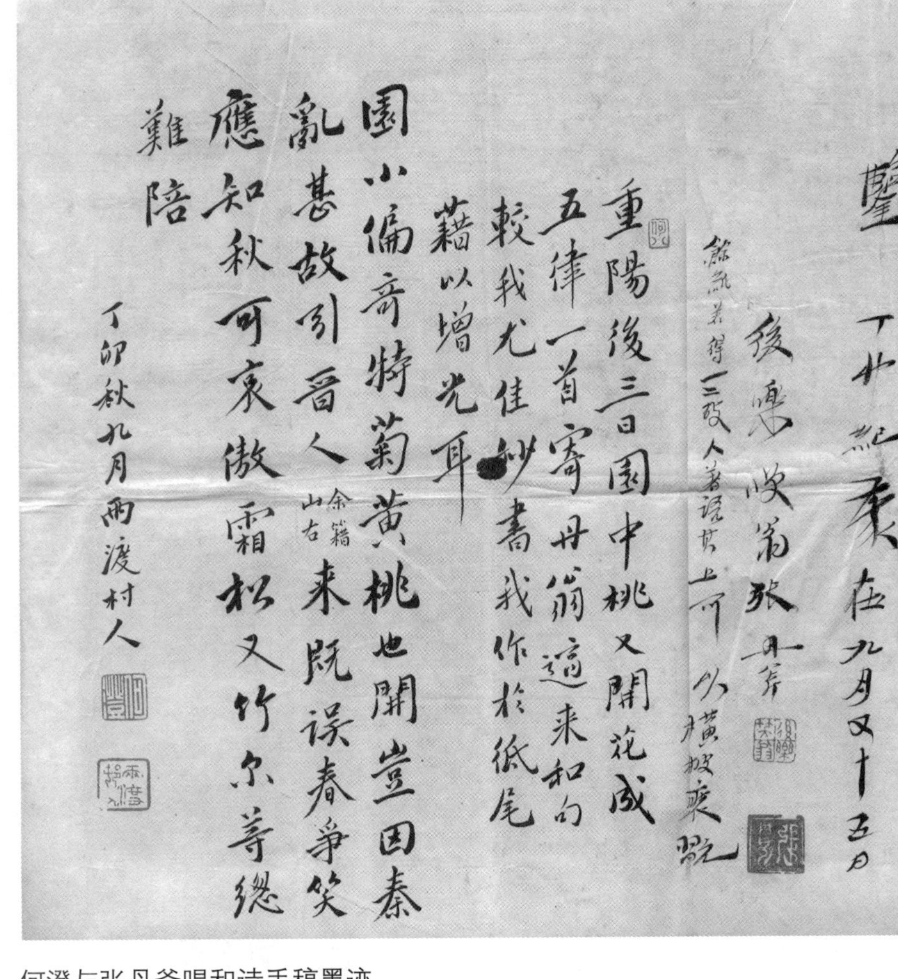
重陽後三日園中桃又開花成五律一首寄丹翁適來和的較我尤佳妙書我作於紙尾藉以增光耳

園小偏奇特，菊黃桃也開。豈因秦亂甚，故引晉人來（余籍山右）。既誤春爭笑，應知秋可哀。傲霜松又竹，爾等幾難陪。

丁卯秋九月雨渡村人

何澄与张丹斧唱和诗手稿墨迹

于硕浅刻何澄《耍猴儿》《鸡犬舔丹》图诗象牙挂件

于硕浅刻何澄《真山卜隐图》象牙方牌

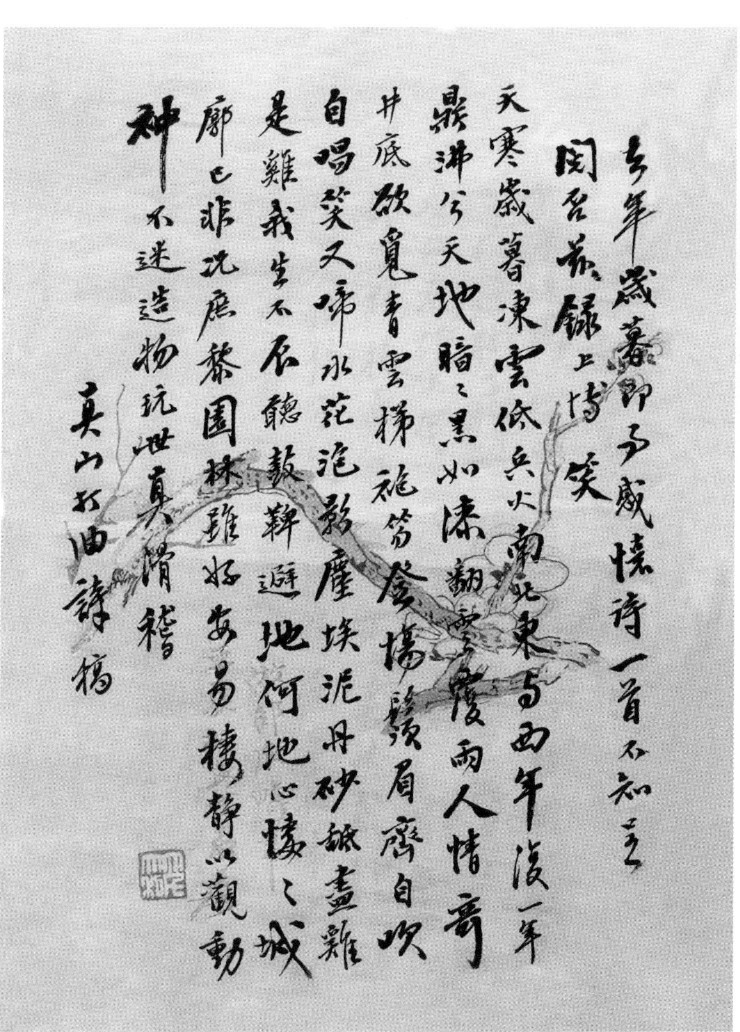

何澄手书《即事感怀》

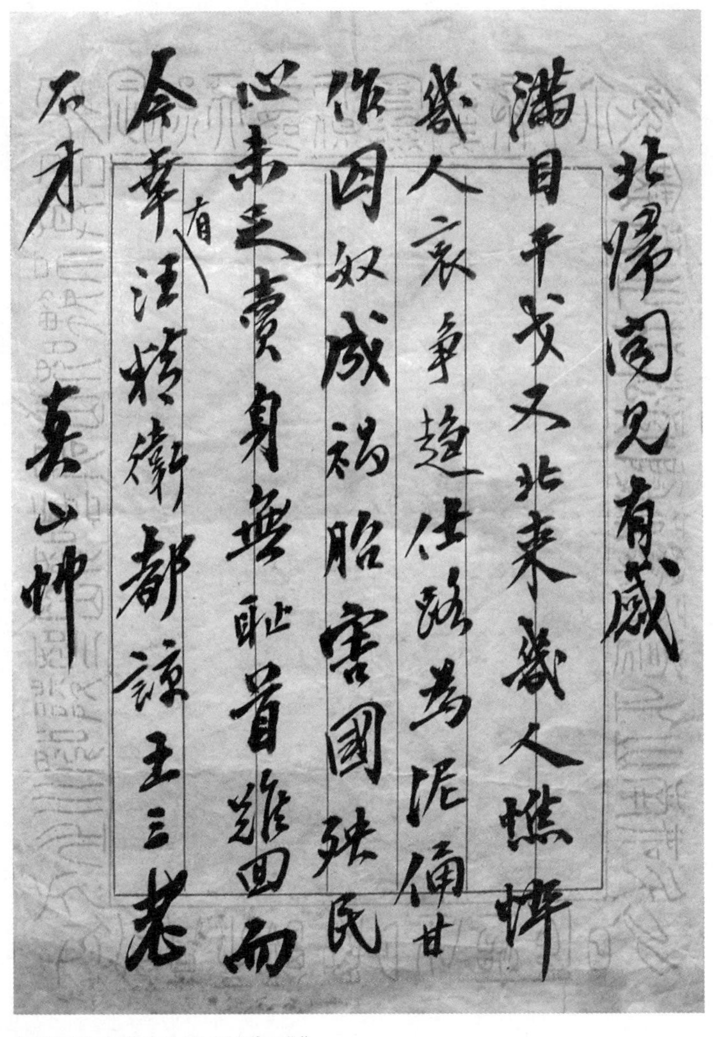

何澄手书《北归闻见有感》

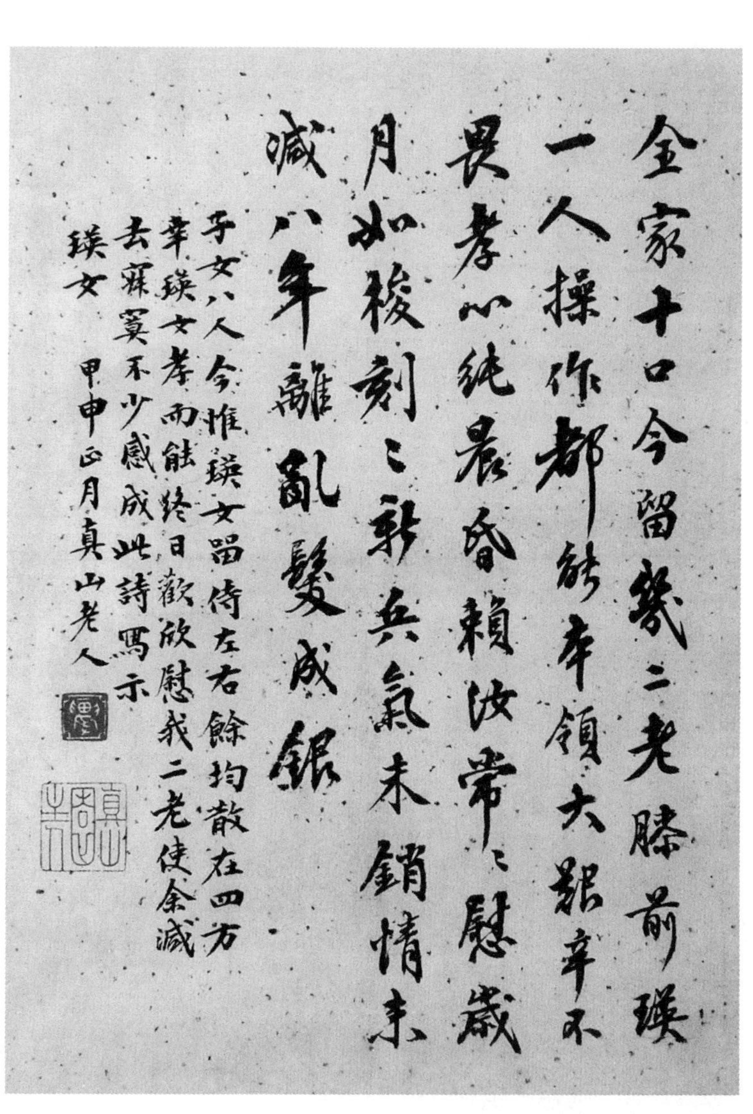
全家十口今留幾，二老膝前瑛一人。操作都能率領，大艱辛不畏。孝心純，晨昏賴汝常常慰。歲月如梭刻刻新，兵氣未銷情未減，八年離亂鬢成銀。

予女八人，今惟瑛女留侍左右，餘均散在四方。幸瑛女孝而能，終日歡欣慰我二老，使余減去寂寞不少，感成此詩，寫示瑛女。

甲申正月真山老人

何澄手书诗，写示三女何泽瑛

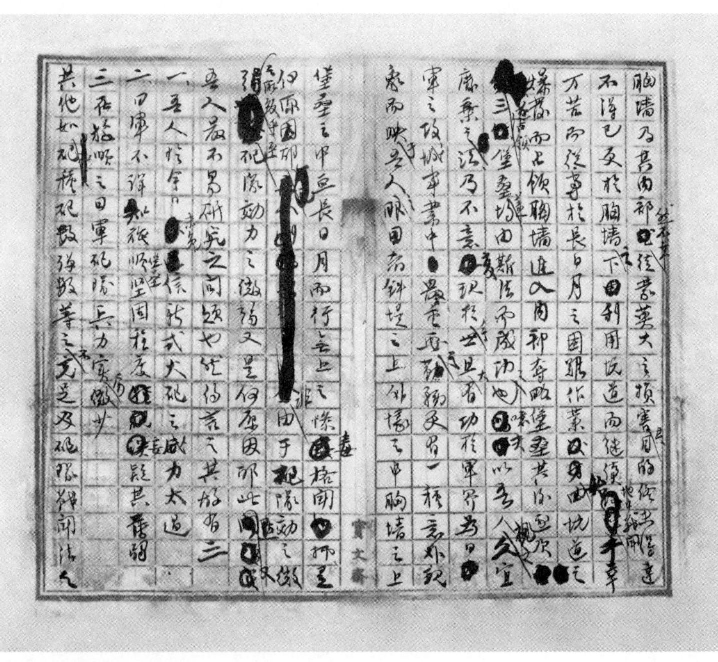

何澄《野战筑城讲义》手稿

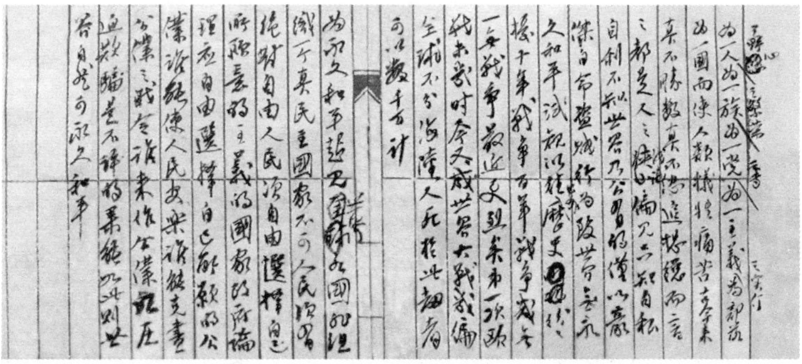

何澄《世界各国非组织一个真民主国家不可》手稿

目录

两渡书屋集

救火忙㈠

吴门㈡山下是吾居，静养身心魔鬼除。

齐说出门能救火㈢，登天蜀道我驰驱。

陈希夷㈣《赠张乖崖㈤》诸诗，有『自吴入蜀是寻常，歌舞筵中救火忙。乞得金陵养闲地，也须多谢鬓边疮』句。我今入蜀，岂亦等于救大火耶。舟中无聊，幸天气晴和，同舟之客咸好风雅，属书近作，并索绘，匆促中徒露丑耳。

注释：

㈠题为编者所加。作于与友人游野于蜀道途中的一九二三年。

㈡吴门：苏州别称之一。［宋］张先《渔家傲·和程公辟赠别》词：『天外吴门清霅路，君家正在吴门住。』［清］侯方域《司成公家传》：『初，文相国震孟为吴门孝廉，年五十馀，老矣。』

㈢能救火：［明］都穆《南濠诗话》：『予初不省「救火忙」之说，近阅《乖厓遗事》云：「公尝谒希夷，问欲隐居」？希夷曰：「子方有官职，未可议此。值今之势，如失火之家，待公救火，不可不赴。」希夷善相人之术，固已逆知乖厓之不能隐矣。』

㈣陈希夷：宋著名隐士陈抟，字图南，号希夷。『希』指视而不见，『夷』指听而不闻。宋太宗有《诏华山处士陈抟》。处士：有德才隐居而不愿做官的人。

㈤张乖崖：即张咏（九四六—一〇一五），字复之，号乖崖，濮州鄄城人。北宋复宗时礼部尚书，诗文俱佳，有《张乖崖集》。

重阳后三日园中桃又开花成五律一首寄丹翁[一]适来合句较我优佳妙我作于纸尾藉以增光耳

园小偏奇特，菊黄桃也开。

岂因秦乱[二]甚，故引晋人余籍山右[三]来。

既误春争笑，应知秋可哀。

傲霜松又竹，尔等总难陪。

丁卯秋九月两渡村人

附：张丹斧和诗

刘阮重来是旧因，涉中仍可避嬴秦。

谐声乐与君标榜，两渡村成两度春。

两渡村人园内九月桃又花，村人[四]自为五律，绝佳，险韵，未易奉和，即书二十八字尘鉴。丁卯纪录在九月又十五日。后乐便翁张丹斧。

馀纸若得一二故人着语其上，可以横披褒玩。

注释：

㈠张丹斧（一八六八—一九三七），原名扆，后名延礼，字丹斧，以字行，晚号丹翁，江苏仪征人，近代著名报人、诗人、收藏家、书画家。曾任《大共和日报》主编，《神州日报》编辑，《晶报》主笔。为人玩世不恭，其文均以嬉笑怒骂、落拓不羁著称。喜蓄古泉，并多加拓印；擅书法，时人誉之『神似瘦金』。掌故大家郑逸梅记述其事略颇多：『谈起张丹斧，几乎众口一词地加他一个徽号「文坛怪物」，在笔端提到他，脑幕中兀是浮现着胖胖的躯干，穿着青布袍子，外加着一件背心，头戴罗宋帽，白发飘疏，容颜却很红润，手里摩挲着古泉汉玉，口头禅常有什么「奇谈」「好东西」的印象来。』

㈡秦乱：秦朝统一六国时所发生的灾祸。

㈢山右：山的西侧。山西因居太行山之右，故称。何澄，山西灵石人，故自称山右人。

㈣村人：指何澄。何澄因出生于山西灵石两渡镇两渡村，定居苏州后，即以『两渡村人』自号。

【按】　一九二七年八月十三日，蒋介石在上海宣布下野。曾力助南京国民政府统一南北的『在野要人』何澄无职可辞，只能返回苏州休养静观。十月七日，『灵石何寓』院内桃花又开，何澄触景生情，借菊花盛开，桃花艳丽之际，作五律诗一首，寄给老友张丹斧。该诗抒发了何澄为打倒军阀、统一中国的情怀，并言自己因南北奔波，把春暖花开赏花的大好时光都耽误了，等到金秋时节，看到这些怒放的鲜花，才知自己奔波了半年，结果一无所获，但会像冬天傲霜的松和竹那样，刚强挺拔，坚持政见。十月十日，一向爱用怪意作诗的张丹斧收到何澄诗后，竟一本正经地以南朝刘义庆小说《幽明录》中刘晨、阮肇的典故，作《刘阮重来是旧因》诗一首，以此来表何澄的进退有度，并用优美的『杨柳体』书录纸上。这个典故是：刘晨、阮肇二人于东汉永平年间同入天台山采药，遇二女子，留居半年辞归，及还乡，子孙已历七世，后又离乡，不知所终。

别西汇[一]忆百川[二]兄

忽忽相逢又隔年，
叹然话旧酒樽[三]前。
山深地僻尘嚣[四]远，
水到渠成河边村渠成，是日河水正来也畎亩[五]连。
翠柏栽成千万株，

清泉凿就百重悬。
桃园境界君修得，
半日来游我亦仙。

注释：

㈠西汇：阎锡山于一九二五年在五台县潭上村修建的西汇别墅。该别墅占地二百馀亩，三面环山，一面临水，共有六座建筑。山顶上修有蓄水池，依山种有大片柏树。抗日战争爆发后被日军炸毁。

㈡百川：阎锡山（一八八三—一九六〇），字百川、伯川，山西五台河边人。

㈢酒樽：汉晋时温酒、盛酒的器皿。圆形，直壁，有盖，腹较深，有兽衔环耳，下有三足。有的在腹壁另有三个铺首衔环。

㈣尘嚣：人世间的烦扰、喧嚣。陶渊明《桃花源诗》：『借问游方士，焉测尘嚣外。』

㈤畎亩：田间、田地。朱熹《四书章句集注》：孟子曰：『舜发于畎亩之中，傅说举于版筑之间，胶鬲举于鱼盐之中，管夷吾举于士，孙叔敖举于海，百里奚举于市。

【按】 此诗作于一九三一年十一月或十二月初，阎锡山收到此诗的时间为一九三一年十二月十日。中原大战之后的一九三一年八月五日，阎锡山从大连乘坐租用的一架日本小飞机突然返晋，在大同降落后，换乘汽车返回老家五台河边村。何澄得到这个消息特别高兴，特地从苏州前往五台河边村探望这位乡党和老友。是年底，何澄致阎锡山一信一诗。在诗中，何澄感叹一九二九年与阎锡山在西汇别墅相见劝和时的场景，抒发了大伤元气的内战过后在河边村和故人相逢的喜悦，最后以『桃园境界君修得』之句规劝阎锡山就这样隐居不出为好。

悼潘静淑[一]

芳草萋萋满曲池[二]，东风吹作绿参差。
闺中夺得江淹[三]笔，南浦[四]伤心赋别时。

滟潋(五)依然似镜开，年年新绿报春回。

人间真有消魂(六)地，曾是惊鸿照影来(七)。

湖帆兄忽赋悼亡，以其静淑夫人集中《千秋岁》词句，分属友好作图题辞，以志纪念。得诗二绝，呈正。灵石何澄。

注释：

(一)潘静淑（一八九二——一九三九），名树春，苏州名门潘世恩家族世孙。一九一五年嫁于民国大画家吴湖帆。一九三九年七月三日，得急症病逝。吴湖帆折鸾之痛长久不能愈合。为纪念夫人，从潘静淑所作《千秋岁·清明》词中选出『绿遍池塘草』之句，发出函告，向海内名流广征图咏，后以一咏一图的形式排列付印，成《绿遍池塘草图咏》集册。何澄与吴湖帆交往密切，遂作绝句两首。前一首，以极其沉痛的心情，盛赞潘静淑为诗画双绝的才女；后一首，感念这样出众的才女并没有故去，时时会被亲友记起。

(二)曲池：曲折回绕的水池。李商隐《曲池》：『日下繁香不自持，月中流艳与谁期。迎忧急鼓疏钟断，分隔休灯灭烛时。张盖欲判江滟滟，回头更望柳丝丝。从来此地黄昏散，未信河梁是别离。』

㊂江淹（四四四—五〇五），字文通，济阳考城人。南朝辞赋大家，有名篇《恨赋》《别赋》《报袁叔明书》《与交友论隐书》。

㊃南浦：古县名，治所在今重庆万州。古代诗人多把南浦视为送别之所，南浦遂成为水边送别之地的一个专名。吴湖帆夫人病逝，故云『南浦伤心赋别诗』。江淹《别赋》句曰：『春草碧色，春水渌波，送君南浦，伤如之何。』

㊄潋滟，水光闪耀。张若虚《春江花月夜》：『滟滟随波千万里，何处春江无月明。』

㊅消魂，灵魂离散。陆游《夜与子遹说蜀道因作长句示之》：『忆自梁州入剑门，关山无处不消魂。』

㊆陆游初恋情人唐琬去世，有诗悼念，作《沈园二首》，其名句：『伤心桥下春波绿，曾是惊魂照影来。』何澄借用之。

己卯冬日录近作给春畲侄孙㈠

不受人怜受鬼怜，油盐柴米卖身钱。
时时屈膝称奴仆，处处扬眉骂祖先。
迁怒只为光蛋㈡出，复仇定要火灾燃。
天生贱种真天意，悔祸无非到九泉。

注释：

㈠何芑（一九〇九—一九八六），字春畲，祖籍灵石两渡，生于北京，何氏第十七世孙。毕业于燕京大学，有《折肱轩诗词》未刊稿。一九三九年冬，何澄回到北平处理被日本人占据的王大人胡同『真山园』家产，住在侄孙何芑处，遂为其录此近作。

㈡光蛋：方言，一般谓『穷光蛋』。

赠侯少白[一]

何必伤心伴藩郎[二]，未尝滋味总思尝。
一经厌意恩情断，空使殷勤恋爱狂。
覆水本来收不易，移山更是动徒忙。
西施不洁[三]无盬[四]等，浪女胡为闻晚妆。

拟李义山体，当然不及李义山。今之社会比李义山时代恶劣万倍。故余诗亦恶劣万倍也。少白九兄而嗜之，录博发笑。

庚辰灵石真山书于北平

注释：

[一]侯少白（一八八五—一九七一），原名侯元燿，字绍白、少白，山西临汾县人。辛亥革命时参加临

汾起义。一九一三年，当选为第一届国会众议院议员；一九一六年，当选为第一次恢复国会众议院议员；一九一七年当选为护法国会众议院议员；一九二二年，当选为第二次恢复国会众议院议员。曾在天津、北平经商多年，甚富。与何澄、徐永昌、傅作义交游甚密。中华人民共和国成立前，劝说傅作义不要赴台，为北平和平移交立下大功。中华人民共和国成立后，为北京市文史研究馆馆员。

㈡藩郎：藩，古代中国属国属地或分封的土地；江户时代被借用过去，成为一个制度用语，拥有一万石以上的大名领主，日人均称作藩主。用此代指侵华的日本人。

㈢西施不洁：《孟子·离娄下》：『西子蒙不洁，则人皆掩鼻而过之。虽有恶人，斋戒沐浴，则可以祀上帝。』

㈣盬：山西河东古盐池名，此字意为『吸饮』。《论衡·异虚》：『文公梦与成王搏，成王在上，盬其脑。』

园居寄北方亲友

星火燎原江海翻，文明只是杀儿孙。
九州万国鸡虫斗，赤地倾城日月昏。
生死须臾[一]人鬼哭，荣枯顷刻弱强吞。
狰狞面目贪痴妄，无奈真山隐旧园[二]。

不爱良田爱旧园，旧园日涉忘黄昏。
林泉料理非争胜，庭树盘桓[三]为避烦[四]。
只觉人生如过客，每因心静见真源。
古来多少称王霸，试问而今谁尚存？

注释：

㈠须臾：极短。[宋]洪迈《容斋三笔》：『瞬息、须臾、顷刻，皆不久之辞，与释氏「一弹指间」，「一刹那顷」之义同，而释书分别甚备。』

㈡旧园：新近从亲戚手中购得的苏州网师园。

㈢盘桓：徘徊，逗留。班固《幽通赋》：『承灵训其虚徐兮，竚盘桓而且俟。』

㈣避烦：躲避烦忧。司马光《八月十七日夜省直纪事呈同舍》：『避烦只深藏，悒悒面蒙被。』

录小尘墨溪㈠宗兄吟粲

我爱园林㈡君近邻，隔墙不限两家春。
欲分幽趣酬高士，岂意红尘少隐伦㈢。
天聩㈣方拟延劫火，世非安用要良民。

闲忙都可随缘住，巢许㊄何曾易作人。

庚辰三月

注释：

㈠墨溪，姓名不详。

㈡我爱园林：一九四〇年，何澄在苏州购下网师园，修葺整理，添置家具。中华人民共和国成立后，由子女捐赠给国家。至美国纽约大都市将其部分复制后，遂成世界名园。

㈢隐伦，指隐士，何澄自指兼指墨溪。［汉］魏伯阳《周易·参同契》：『伏炼九鼎，化迹隐伦，含精养神，通德三元。』

㈣聩：聋。［宋］胡寅《游云湖》诗『尚云春水时，雷注聒天聩。』

㈤巢许：尧时代巢父和许由的并称，后成为隐逸之士高洁志向的代称。

附：墨溪《奉答真山道兄吟幾》

石头胜事众皆闻，葛亮于今不见君。
才子何须藉科第，男儿终久要功勋。此一联成语。【按】见[唐]姚合《送陈偶赴江陵从事》诗句。
名士过江多似鲫，园花幽赏锦如云。
剧怜此身为情累，悔不逡巡作殿军。

百忙中赋此，奉答真山道兄吟幾

墨溪漫草

和太昭[一]喜苏州书至三首

故人常不见，消息尺鱼传[二]。

世乱君偏病，天高谁可怜。
虚荣甘落后，实利应居先。
惟望烽烟净，佳音到平边。

家国时多故，愁深难驻颜。
豺狼依草木，蝼蚁穴江山。
当事理都悖，无弓甲怎擐[三]。
少年心已淡，老更悟知还。

举世方焦土，神州胡更燔[四]。
兵凶人鬼哭，运丧党徒繁。
破国开先例，空谈探本源。

友朋休冀我，我已醉林园。

注释：

㊀太昭：景耀月，字瑞星，号太昭，别号秋陆、迷阳、帝昭等，山西芮城人。一九〇四年，考获直隶和山西两省与日本方面达成的选派留学生协议学额，赴日留学。初入明治大学预备学校经纬学堂，后肄业于早稻田大学法政科。一九〇五年加入中国同盟会。与于右任发起晋豫秦陇学会，主张团结力量，协力革命。一九〇七、一九〇九年在东京和上海分别参与创办《晋乘》《夏声》《民呼日报》，并为主要执笔者之一。意气轩昂，才华卓越，为时所重。柳亚子称其为『太原公子』（古人称李世民为『太原公子』），友人则称之为『景芮城』。为南社第一批成员之一。一九一一年十二月十六日，以山西代表资格，被推举『各省都督府代表联合会』议长。一九一二年元月一日，中华民国肇建，急草《临时大总统就职宣言》。孙中山就职典礼时，又以议长身份，代表光复起义的省份人民向临时大总统致欢迎辞。嗣任南京临时政府教育部次长。一九一三年四月，任第一届国会（第一次常会）众议院议员；第一次恢复国会众议院议员；第二次恢复国会众议院议员。据邵迎武所著《南社人物吟评·景耀月》载：一九二三年，曹锟贿选

大总统，每票送银元若干元，有传其受贿投票，被柳亚子、陈去病等人开除出南社。另据景耀月之子景柔、景炎所述，贿选之事系曹锟冒用景耀月之名所为，被景坚拒。国民革命军北伐成功后，致力于学术，专心著述，执教于上海、北平各大学。抗日决心弥坚：郑孝胥出任伪满洲国总理，移书痛斥。抗日战争爆发，山西沦陷，家产尽毁于炮火，夫人及幼孙相继殉难。日伪企图强其出任伪华北政权文职，遭严词拒绝，遂逮其两子，羁押于北平宪兵队，刑笞交加，欲撼其志，但终不为所动。反于暗中与学人创立大夏学会，以忠义相号召，进行抗日活动。一九四四年四月二十三日，病逝于北平。七月十四日，获重庆国民政府明令褒扬。

何澄与景耀月相识于一九〇四年，肇建共和前后，在上海、南京交往日密。抗战中兴，景耀月宁可饿死，也不愿出来为日伪做事之后，两人唱和不断。

一九四〇年四月七日和九日，景耀月先后两次寄呈何澄诗作。前一首对何澄讽刺汉奸的打油诗给予极高评价，后一首对何澄在他生病期间前来探望，充满了感念之情。

何澄收到景耀月的《喜亚农苏州书至三首》后，即作《和太昭喜苏州书至三首》。此诗在痛恨日寇侵华、汉奸卖国的基调上，对景耀月的病情表示了念念的关切，同时还对以前因误会而疏远了老友表达了歉意。

㈡尺鱼传：成语『尺素传鱼』。尺素，古代用绢帛书写信件，通常长一尺，故称书信；鱼传：书信放入鱼形的信匣中携带传递。东汉蔡邕《饮马长城窟行》：『青青河边草，绵绵思远道。远道不可思，宿昔梦见之。梦见在我旁，忽觉在他乡。他乡各异县，展转不可见。枯桑知天风，海水知天寒。入门各自媚，谁肯相为言。客从远方来，遗我双鲤鱼。呼儿烹鲤鱼，中有尺素书。长跪读素书，书中竟何如？上言加餐饭，下言长相忆。』

㈢擐：穿。《左传·成公二年》：『擐甲执兵，固即死也。』

㈣燔：焚烧。《汉书·宣帝纪》：『人民饥饿，相燔烧以求食。』

附：景耀月喜亚农苏州书至三首

一

兵气缠华夏，新书挚友传。
微苏知病起，小别见心怜。

故旧驰情切，襟期感意先。
论文当世乱，安得酒尊边。

二

君怀齐日月，予病正衰颜。
江表开新国，河中念旧山。
戟矛须敌忾，弓甲要亲擐。
老友足风义，高云日往还。

三

焦土今如许，年年世宇燔。
裨瀛兵气恶，春日杏花繁。

管乐的人杰，昆仑是海源。
夷吾江左卧，长念网师园。

八兄正之　芮城稿四月九号

谷宜[一]老兄长吟粲

见微知著[二]古名言，侥幸期图何足论。
倘使众民都死去，徒教空图[三]怎生存。
痴心妄想仇来助，负气胡思泪只吞。
霹雳一声迷梦觉[四]，后门利害过前门。

谷宜老兄长吟粲八月九日

真山油诗

注释：

㈠吴济时，字谷宜，苏州人。早年留学日本、德国，获柏林大学医学博士学位。曾任江苏公立医学专门学校校长。后为居士，隐于乡里。能诗。一九四〇年前后，何澄与其多有唱和。

㈡见微知著：见到事情的苗头，就能知道它的实质和发展趋势。《韩非子·说林上》：『圣人见微以知萌，见端以知末，故见象箸而怖，知天下不足也。』［宋］苏洵《辨奸论》：『惟天下之静者，乃能见微而知著。』

㈢徒教空图：借司空图佯装老朽隐居不任事而言志。司空图（八三七—九〇八），字表圣，自号知非子，又号耐辱居士。祖籍临淮（今安徽泗县），自幼随家迁居河中虞乡（今山西永济）。晚唐诗人、诗论家，《二十四诗品》为著名之作。天复四年（九〇四），朱全忠召为礼部尚书，佯装老朽不任事，被放还。后梁开平二年（九〇八），唐哀帝被弑，司空图亦绝食而死。

㈣梦觉：犹梦醒。《搜神记》：『忽如梦觉，犹在枕旁。』魏源《偶然吟十八首呈婺源董小槎先生为和师感兴诗而作》：『梦觉小生死，生死大梦觉。』

即事有感得诗一首录请谷宜老兄长吟粲

佛睹下界㊀悯忙虫，杀气腾腾海陆空。
极短人生炽妄念，一微尘㊁里斗英雄。
经营建设原多事，计画摧残岂谓功。
将来成名民已瘁，沙场白骨涨西东。

庚辰秋九月

注释：

㊀下界：佛教语，天上神仙居住的地方为上界，人间为下界。

㊁一微尘：佛教语，比喻人世微小。《摩诃止观》：『一微尘中，有大千经卷；心中具一切佛法，如地种，如香丸者。』

去年岁暮即事感怀诗一首兹录上请谷宜老兄长博笑

天寒岁暮冻云低，兵火南北东与西。
年复一年鼎沸兮，天地暗暗黑如漆。
翻云覆雨人情寄，井底欲觅青云梯。
袍笏登场㊀须眉齐㊁，自吹自唱笑又啼。

水花泡影尘埃泥，丹砂㊂舔尽鸡是鸡。
我生不辰听鼓鼙㊃，避地何地心凄凄。
城廓已非况庶黎㊄，园林虽好安易栖。
静以观动神不迷，造物玩世真滑稽。

注释：

㊀袍笏登场：袍，古代官服。笏：古代大臣上朝拿的手板，讽喻坏人上台做官。［清］赵翼《数月内频送南雷述庵淑斋诸人赴京补官戏作之二》诗：『袍笏登场也等闲。』

㊁须眉齐：成语『举案齐眉』的化用。《后汉书·梁鸿传》：『为人赁舂，每归，妻为具食，不敢于鸿前仰视，举案齐眉。』

㊂丹砂：又名朱砂，为古代方士炼丹主要原料。葛洪《抱朴子·黄白》：『朱砂为金，服之升仙者上士也。』《南史·隐逸传下·陶弘景》：『弘景既得神符秘诀，以为神丹可成，而苦无药物。帝给黄金、朱砂、曾青、雄黄等。』白居易《自咏》：『朱砂贱如土，不解烧为丹。』

㊃鞞：孔颖达：『鞞鼓者，则《周礼》鼓人职掌六鼓，雷鼓鼓神祀之属是也。』《金史·志第十一》：『植建鼓、鞞鼓、应鼓于四隅，建鼓在中，鞞鼓在左，应鼓在右。』

㊄庶黎：庶民。［汉］崔骃《南巡颂》：『淑雨施於庶黎。』《周书·苏绰传》：『辟惟元首，庶黎惟趾，股肱惟弼。』

壬午秋饮于王四酒家㈠

今日虞山㈡脚，犹存王四家。
游人能尽醉，醉到夕阳斜。

民国三十年十二月《大众》月刊第二号

注释：

㈠王四酒家：位于常熟虞山脚下，所做叫化鸡为招牌菜。

㈡虞山：位于江苏常熟城西北，北濒长江，南临尚湖。

宿三峰寺[一]留别逸溪和尚[二]

一夜清凉梦，三峰宿有缘。
我来干净地，眼见碧空天。
劫重人应悟，迷深佛可怜。
高僧心愿大，说法住年年。

民国三十年十二月《大众》月刊第二号

注释：

[一]三峰寺：在常熟虞山第三峰。全名为三峰清凉禅寺，旧名三峰禅院，位于虞山北麓，合乌目峰、龙母峰、中峰而得三峰之名。

㈡逸溪和尚：三峰寺住持。精佛理，擅诗画，师从江南名书家萧蜕庵。

【按】《大众》月刊编者钱芥尘在刊发何澄诗作时，亲撰作者简介：『何亚农先生，论物望则文武兼资（士官毕业），言学问则新旧并擅，襟怀恬淡，有感每发为诗歌，打油诗固南北知名，脍炙人口，第不仅以俳谐见长，今录其近游常熟虞山二诗，一记王四酒家，一记三峰寺，除以墨宝制版外，更录于次。』何澄这两首诗，别有深意。先是说在虞山脚下的王四酒家吃叫化鸡，喝醉了酒，第二天到三峰寺留宿，与逸溪和尚交谈。深深感到，已处在劫难泥潭中的那些投敌叛国的人，现在该是醒悟的时候了，如果再深度沉迷下去，连佛都不会可怜你了。

何克之[一]丧子以诗写其哀念索和[二]

生儿最好是愚痴，死活无关任所之。
有子聪明前债重，欠他怜爱与吟诗。

儿女多因索债来，债清他便自离开。
劝君莫羡人家子，不死安知未可哀。

附：何其巩《克之次原韵》

本来万事似云烟，可笑彭殇犹计年。

刹那光阴谁永住，有缘亦是等无缘。
呱呱坠地死由生，生死循环浊世成。
最好家家贤弟子，少闻今日杀人声。

秋风秋雨长烽烟，时事艰危又五年。
我辈若轻今世累，最宜少结子孙缘。

莫谓苍天曰好生，沙场白骨积山成。
可怜教养耗心血，徒供人间路哭声。
纵将万物化为烟，天地何曾减岁年。

任你贤愚痴妄甚，小魔暂与大魔缘。
不死惟须人不生，生斯尘世总无成。
果真欲觅长生道，多念弥陀佛几声。

民国三十一年一月《大众》月刊新年特大号

注释：

㊀何其巩（一八九九—一九五五），字克之，安徽桐城人。早年就读于桐城中学，与朱光潜、章伯钧同学。后在安徽公学及江淮大学学习农业及政治经济学，未毕业即到北京谋生。当过中学教员，做过《正言报》记者。以乡谊谒马其和、姚永朴诸名流，得承指导，学问益进。一九二〇年入冯玉祥幕。一九二五年春，冯玉祥任西北边防督办，建节张垣，任其为秘书。一九二六年九月，冯玉祥在五原誓师，组织国民联军，自任总司令，其为总司令部秘书长，追随冯玉祥转战甘陕豫等地。一九二七年五月一日，冯

玉祥就任国民革命军第二集团军总司令，仍任秘书长。在其后举行的郑州会议、徐州会议，均以第一秘书的身份陪同冯玉祥赴会。冯玉祥在河南任省主席时，其被任命为豫南行政长官兼民团军军长，未几调内防处长。屡为冯命奔走于宁汉沪间，李烈钧、谭延闿等均重之，聘为国民政府顾问。一九二八年，北伐告成，国都南迁，北平设特别市，为首任市长。一九二九年四月，任北平政治分会委员。未几，蒋介石和冯玉祥暗潮既起，何称病入医院，旋即去职。一九三一年八月，被安徽省主席陈调元任为安徽省政府委员，十二月任教育厅厅长，次年四月改任财政厅厅长，九月去职。一九三三年，任行政院驻平政务整理委员会秘书长。一九三五年，代理北平中国大学校长。北平沦陷期间，坚决不任伪职，还把不为敌用、不与日伪合作的一些教师，延聘到中国大学任教。日本无条件投降后，重庆国民政府通过广播发布命令，任命其为军事委员会委员长驻北平代表。一九四七年，辞去中国大学校长职，在北平隐居。

【按】　人生有三痛，少年丧父，中年丧妻，老年丧子。何其巩丧子，以诗写其哀念索和，何澄以『未知生，焉知死』宽慰他。

壬午留别故都亲友㈠

北来一次一悲欢，两鬓丝丝难未完。
鼠目何曾能见道，麇㈡头依旧是求官。
人人都觉折腰易，处处惟闻得米难。
久旱方苏又久雨，天心似亦起波澜。

民国三十二年一月《大众》月刊新年特大号

注释：

㈠故都：［唐］韩偓《故都》诗：『故都遥想草萋萋，上帝深疑亦自迷。』此故都指被日寇所占昔日之北平城。

㈡麇：成群。《左传·昭公五年》：『求诸侯而麇至。』

【按】　何澄悲故都被日伪所占据后的寥落凄凉，　喜与不甘当亡国奴的亲友再度相见，怒曾为故旧的鼠目麇头，认贼为父，卖身求官，叹故京的平民百姓见了皇军要『低头鞠躬』，但生活之苦却日胜一日。何澄此次居北平，去时久旱，寓居时又连下大雨，于是借此哀痛家国将亡的变局，感慨平地和天心也会起波澜。

感怀(一)

怡(二)慧(三)无消息，时非涌(四)未归，
源(五)诚(六)仍远云，瑛(七)庆(八)尚欢依。
纵把慈心抑，难禁老泪挥。
家家离散恨，我较感伤微。

民国三十二年四月号《大众》月刊

注释：

㈠原编者按曰：『怡慧等辞，皆先生男女公子之名，留学欧洲或日本，尚未言旋也。』

㈡怡：何澄长女何怡贞。金陵女子学院毕业后留学美国，习物理学，得博士学位。中华人民共和国成立后为中国科学院金属研究所研究员，著名光谱学家。

㈢慧：何澄次女何泽慧。清华大学物理学系毕业后，获山西省政府留学资助，赴德国柏林留学，得工程博士学位。二战后，赴法兰西研究院核化学实验室，师从约里奥－居里夫人，从事原子核物理的实验研究。为中国科学院资深院士，著名核物理学家。

㈣涌：何澄次子何泽涌。二十世纪三十年代从浙江大学化工系退学，考入日本东京庆应大学医学部。回国后一直服务于山西。为山西医科大学资深教授，著名解剖学家、组织胚胎学家。

㈤源：何澄三子何泽源。苏州工业专科学校纺织科毕业。因抗战期间曾在国民政府军政部制呢等厂任职，后在『肃反』等运动中因『历史』问题，曾被数次拘押、劳改。

㈥诚：何澄四子何泽诚。就读于吴淞国立商船学校、江南大学数学系及华北大学工学院。为物探高级工程师。

㈦瑛：何澄三女何泽瑛。就读于东吴大学生物系、台湾大学农艺系。中科院南京植物研究所植物学家。

㈧庆：何澄五子何泽庆。就读于西南联系物理系，毕业于清华大学物理系。『反右』时因言获罪。『文革』前及『文革』中仍为追求真理而孤身奋战。一九七六年一月，因长期遭受迫害，病逝于上海。

寄泽慧二女瑞士㈠

欧亚同遭劫火侵，是谁祸首恨难禁。
达观似我头犹白，纯孝如儿感更深！
只以兵凶殃世界，亦曾俗扰到园林。

七年不见音书少[二]，消息平安老父心。

民国三十二年十月号《大众》月刊

注释：

㊀《大众》月刊原编者按曰：『泽慧女士，留学欧洲，已得学位，近由瑞士转到家书，故其尊人亚农先生赋诗志感焉。』

㊁二战爆发，交战国之间的书信只能由国际红十字会通达。因故，何澄与次女何泽慧『七年不见音书少』。一九四三年七月，何澄得到次女平安无恙的消息，喜不自禁，即席写下这首《寄泽慧二女瑞士》。

喜源诚两儿远游[1]

一

一纸书来语尽详，跋山涉水苦全忘。
少年志气艰能旺，故国精神乱始强。
莫谓旅行无大用，应知阅历岂寻常。
尔曹[2]徒步兵荒里，都是将来作事方。

二

愈历艰难愈念亲，孝思流露到风尘。
两儿切莫伤离别，老父依然耐苦辛。

乱世清贫心自淡，全家快乐气如春。
但期尔辈能坚忍，恶俗之中作好人。

民国三十三年一月号《大众》月刊

注释：

㈠《大众》月刊原编者按：『源、诚为何亚老公子之名，近有远游，作此壮之。』源：何泽源；诚：何泽诚。

㈡尔曹：汝辈，你们。

【按】一九四三年，世界反法西斯战争局势已发生了重要的变化。何澄在一九四三年十二月三日《中美英开罗宣言》公布之前，就做出了让五子全部到大后方重庆、昆明及抗战前线山西去的决定。是年夏，何泽源带着弟弟何泽诚最先出发，经湖北老河口辗转到重庆，到达武汉后，哥俩给父亲写了一封报安信。何澄收到信后，喜不胜喜，特作此诗。

二老膝前瑛一人㊀

全家十口今留几，二老膝前瑛一人。
操作都能本领大，艰辛不畏孝心纯。
晨昏赖汝常常慰，岁月如梭刻刻新。
兵气未销情未减，八年离乱发成银。

子女八人，今惟瑛女留侍左右，馀均散在四方。幸瑛女孝而能终日欢欣，慰我二老，使余减去寂寞不少，感成此诗，写示瑛女。

甲申正月真山老人

注释：

㊀瑛：何澄三女儿何泽瑛。

【按】　此诗作于一九四四年正月。是年，何澄已六十四岁，八个子女，或在前往重庆的路上，或在国外，只有何泽瑛一人留守身边，心情自然并时时惦念着在外的儿女。尽管八年离乱之恨尚在心头，白发也上了头，但有孝女早晚劝慰，盼等着抗战胜利，全家团圆的信念却并不因此而递减。

久阴雨喜除夕快晴

忽忽今又逢除夕，艰苦七年愁里过。

纵使闭门能种菜，却难阅世不悲歌！
兵戈遍地仍如此，儿女四方将若何？
老眼喜看新岁换，明朝更有好晴和。

民国三十三年三月号《大众》月刊

得自蚌埠来书㈠

万里征途雨雪天，书来告我我应怜。
能相亲爱真兄弟，莫忘艰辛比岁年。
阅历渐多增理智，见闻稍广减空玄。
尔曹异地如思父，父语遵循学圣贤㈡。

注释：

㈠一九四四年一月二十五日是农历甲申年春节，过了初五（一月三十日），何澄次子何泽涌带着到重庆投考西南联大的小弟何泽庆经安徽蚌埠，河南商丘，陕西西安、宝鸡前往重庆。行至蚌埠，何泽涌给父何澄写了一封平安信，说他们从苏州坐火车到南京，然后乘渡轮到浦口，又乘火车到达了蚌埠，安全通过敌伪区。何澄接到二儿信后，当下写了这首诗。

㈡圣贤：圣人、贤人。《颜氏家训·序致》：『夫圣贤之书，教人诚孝，慎言检迹，立身扬名，亦已备矣。』

寄涌庆㈠

离我出门去，能无久别伤。
庆仍嫌幼稚，涌尚不荒唐。
两子心都善，青年志更强。

同情难溺爱，天性忍相忘。
道路应多险，兵戈况正荒。
汝曹休忽略，斯世要思量。
万事闻非见，千辛味勉尝。
余曾深阅历，尔岂解炎凉。

克己追贤圣，交游慎虎狼。
对人涵养贵，随俗合流防。
恶腐均邪径，中庸乃病方。
从容医乱国，坚决救亡羊。
躐等㊂行安速，澄怀理自昌。
虚荣何济用，任意只加忙。

老父言虽甚，前途虑异常。
真金堪火炼，瑜瑾㈢发奇光。

民国三十三年六月号《大众》月刊

注释：

㈠涌：何澄次子何泽涌；庆：何澄五子何泽庆。

㈡躐等：越级，不循原有之列。《礼记·学记》：『幼者听而弗问，学不躐等也。』孔颖达疏：『逾越等差。』

㈢瑜瑾：美玉，亦用来比喻美德贤才。《说文》：『瑾瑜，美玉也。』[北齐]颜之推《颜氏家训·省事》：『今世所覩，怀瑾瑜而握兰桂者，悉耻为之。』

挽景君太昭㈠

撒手西归去，脱离百病缠。
文章犹有价，清白自无钱。
×××××，×××××㈡。
此生君莫恨，不死又谁怜！

民国三十三年八月号《大众》月刊

注释：

㈠《大众》月刊原编者按：『景太昭先生，名耀月，为同盟会老同志，任国会议员有年，更从事新闻业，有声于时。中间一度依袁，乃为同盟会人所疏远！近年旅居北平，穷愁赍志以殁，身后殊为萧条，闻何克之先生(其巩)为经纪其丧，始能成殓，是可哀矣。』

〔二〕『×』两句，系《大众》月刊编者钱芥尘所开『天窗』。

【按】　一九四四年四月二十八日，怀着『太平有象吾能俟，头白河清未是迟』的坚定信心，以民族大义和气节来抗日的英杰景耀月，没能等到日寇无条件投降、汉奸被审判的那一天就逝去了。

景耀月逝世后，重庆国民政府为其召开了隆重的追悼会，于右任主祭并宣读国民政府褒扬抚恤令，表彰他为创建中华民国做出的功勋和抗战期间以身殉国的大忠大义。

夏日书怀

世乱行路狭，圆通〔一〕佛法宽。

不平伤气易，好胜制心难。

人若参禅透，时能处境安。

目前虚富贵，与道有何干。

刊民国三十三年九月号《大众》月刊

注释：

①圆通：不偏倚，无阻碍。[宋]白玉蟾《静余玄问》：『心常如愚，常要活泼，如走盘珠，故曰圆通。』

自咏

年来老健一身闲，忘却是非人我间。
能静不妨城市住，无求得免膝腰弯。
饱经忧患荣枯淡，历换星霜发鬓斑。
此后更宜随所遇，吟诗楼上看何山㊀。（何山在苏州西南，天晴，登楼可以望见）

民国三十三年十月号《大众》月刊

注释：

㊀何山：位于苏州城外寒山寺西侧两公里处，原名鹤阜山。南朝人何求弃官隐居于此，其弟何点后来也追随而来。兄弟二人死后葬此。后人为纪念二人，遂改名何山。

拟入灵岩山寺[一]

曾忆昔乡贤[二]，甲申悲痛年[三]！
怕官非欠税，寻寺不逃禅（青主先生诗句）[四]。
虚境差如我，知心惟有天。
展观遗墨迹[五]，读罢气浩然。

无欲始能闲，闭门似入山。
明知难理喻，何必勉枝攀？
我岂高身价，人多比石顽[六]。
失言不如默，搔首竹松间。

民国三十四年二月号《大众》月刊

注释：

㈠灵岩山寺：位于苏州木渎镇附近灵岩山上，山门朝南，俯临太湖，为江南著名净土道场。抗战初，苏州沦陷，印光法师避居此寺多年，并有规约：『不募缘，不做会，不传法，不收徒，不讲经，不传戒，不应酬经忏，专一念佛，每日与普遍打七功课同。』

㈡乡贤：傅山（一六〇七—一六八五），字青竹，后改字青主，号真山、公之陀等，山西阳曲人。于儒学、佛学、诗歌、书法、绘画、金石、考据、医学、武术等无所不通，更为明末清初持有民族气节的思想家和典范人物。著有《霜红龛集》等。

㈢甲申：明亡三年，即清顺治帝开元年一六四四年。

㈣傅山《壬午六月十五日至十九日即事成吟二十一首》之五：『炤得愁无朵，空凉月一天。怕官非欠税，寻寺不逃禅。我有我身患，何求何处仙。茶瓜行遇集，只觉未人全。』

⑤遗墨迹：何澄藏有傅山《傅青主集》，《傅山草书七绝轴》（国家一级文物），《傅山与戴枫仲尺牍》（国家二级文物），《傅山傅眉父子手书诗词册》，《傅山傅眉父子尺牍册》（国家二级文物），《傅山药册》（国家三级文物），《傅山六言楷书联》（国家三级文物），《傅山墨荷图轴》（国家三级文物），《傅山行草九华安妃降杨司命诗二首册》（国家三级文物），《傅青主画凤幅》《傅山山水册》《傅山芭蕉金面扇》等。

⑥石顽：［宋］项安世《寄韩丈》：『雅量容陂阔，私心岂石顽。』［明］张仲宿：『世态堪嗟比石顽，穴由心造不出山。』又，清初苏州吴县名中医张璐，字路玉，号石顽，曾隐居洞庭山潜心医术。

【按】 自刊出此诗后，何澄就不在《大众》月刊露面了。是年七月，即携亲友前往北平，等待时机，经克难坡前往重庆。

灌木楼集

夏日自咏

灌木楼[一]中住，炎威不到身。
静观能自得，澄虑每通神！
往事成今果，前途证昔因。
莫言难逆料，天眼岂蒙尘。

民国三十二年九月号《大众》月刊

注释：

[一]《大众》月刊编者钱芥尘在『灌木楼中住』后有注：『先生苏州寓所，中悬桂馥先生所书灌木楼

额。』『灌木楼』为何澄在苏州『灵石何寓』内所筑第二幢私宅。二十世纪三十年代，举凡政治、书画名家常在此雅聚。现存于南园宾馆内。

狱中有感二首㈠

遍地干戈岁月忙，如斯国难感非常。
生存之战方开始，灾祸于身何足伤。
虽作阶囚犹礼遇，乃知地狱有天堂。
行行色色都参得，八月清秋志更强。

依前韵

有生有灭总寻常，一入轮回便是忙。
浊世本来多幻梦，达观庶可少悲伤。
天涯如得同情泪，地狱何殊聚乐堂。
我劝诸君休恨恨，清秋八月照人强。

注释：

㈠一九三七年八月十九日，此前还积极相告亲认购爱国券的何澄被苏州『小人』诬告，以『间谍嫌疑』罪名被吴县国民党党部拘押。『蒙难』时，何澄生活很受优待。他对这种优待既感无奈又感气愤，在狱中过了十几天，即九月初，便达观起来。此诗表达了何澄虽经『蒙难』，但仍将坚决抗日的心志。

无题

每愁无国恐无家，敢启直言论正邪。
致解菜民光戏怒，果来奇祸众兴嗟。
古来风俗古道随，潮去为利趋时迎。
日加势如黄河决㈠，万星滚滚夕阳斜。

注释：

㈠黄河决：一九三八年六月九日凌晨，为阻日军进犯武汉，国军决堤黄河花园口。第二天，黄河中上游普降暴雨，黄河水猛增，花园口决口处被冲大，同时被淤塞的赵口也被大水冲开。赵口和花园口两水汇合后，贾鲁河也开始外溢，漫溢的河水冲断了陇海铁路，向豫东南速流。日军被黄河水阻隔，遂放弃从平汉线进攻武汉的计划，为国军准备武汉保卫战争取了时间。

无题三首

一

抗战时人渐倒戈，纷纷出蜀唱平和。
无他不耐酸辛味，只想重寻安乐窝。
民族如斯天下少，国家至此古今多。
贪生纵欲忘羞耻，子子孙孙将奈何。

二

究竟谁人是汉奸，但闻党棍富奴颜。
冒充首领飞瀛岛，假借和平出蜀山。

挥战方艰心竟变，高谈未罢手先攀。
官僚学者闻人类，献媚何曾怕鬼讪。

三

一个扛夫二百元，扛夫二百各衔恩。
尾摇舌舔如豚犬，屁滚尿流似兔鼋。
结党营私家国破，丢人作恶祖宗冤。
天生败类知多少，扰扰咻咻捧自尊。

【按】 一九三八年十二月二十九日，国民党惊出中华民族史上最大一件丑闻和永远无可洗刷的耻辱——汪精卫经昆明飞逃到越南河内后，公开发出响应日本帝国主义近卫文麿首相所谓『更生中国』声明的『艳电』，认贼作父，卖国投日、甘做汉奸的丑恶行径昭然于天下。

对叛国投敌的汪精卫以种种花言巧语辩护自己是为民族为人民而和平的伪装宣传，何澄作了众多讽刺诗，直言不讳地揭露其丑恶的叛国嘴脸。

第一首，斥抗战伊始，汪精卫带着老婆陈璧君、女婿何文杰、随从秘书长曾仲鸣夫妇从重庆出逃，堂堂中国国民党副总裁，战争状态下的一个国家国防最高会议副主席，竟然出逃，且与交战国谈条件，准备共同对付原先效力的政府。何澄感叹，世界各个民族，出这样的奸贼少之又少；而在中华民族，这样的败类却是屡见不鲜。

第二首，痛斥汪精卫欺世盗名，偷换概念，明明是一个汉奸，还要打着和平的幌子，把自己伪装成跳进火坑拯救人民的救星，飞到日本去乞求侵略者给自己谋私欲。这种党棍、这个假首领，不是汉奸还能是什么！

第三首，以极度夸张的手法，以扛夫比喻出席汪精卫在上海秘密召开的伪国民党第六次代表大会（一九三九年八月二十八日）二百四十余名所谓代表，为了二百元的『出场费』，竟然『尾摇舌舔如豚犬，屁滚尿流似兔鼋』，其人格之卑下，灵魂之丑陋，『结党营私家国破』，连祖宗的脸都丢尽了，还不知羞耻。

真山卜隐图诗[一]

昔年曾作散车夫，街口门前拉短途。
不管媪优[二]与仆奴，专凭脚腿论锱铢[三]。
虽知来客已贫贱，终觉奔波似马驴。
决意改行星相卜，卦摊静坐看江湖。

何老真山摆卦摊，王侯将相到门栏。
流年好坏时时问，末日升沉处处攒[四]。
得失喜忧关气色，正邪喜恶见心肝。

可怜徒抱哀悲愿，指点迷津悔悟难。

注释：

㊀何澄所作这两首诗，系请民国时期微雕大师于硕镌刻在一件象牙方牌上的，作品名曰《真山卜隐图》，后被何澄子女捐赠给苏州博物馆，为国家三级文物。

于硕（一八七三—一九五七），字啸轩、啸仙，江苏江都人。书画皆工，亦能刻印，尤善在象牙扇骨上作山水诗文。一九一五年，其微雕作品《赤壁夜游》，以方寸之牙，刻万余字，获巴拿马万国博览会工艺类金奖。何澄拟镌刻『真山园』组诗之时，于硕已是六十七岁的老人，但他还是欣然接下了何澄的这件活儿。以牙代纸，以刀代笔，以同仇敌忾为枪，为中华民族抗战文艺史，镌刻下一件永载史册、永存人间的艺术珍品。

《真山卜隐图》正面为一棵高茂的苍松，两枝交叉缠绕，伞盖着『真山园』的屋顶。何澄着明人衣装，扮傅山重生像，端坐在敞开的大门中厅里。一张明式几案，左置卦签一桶，右摆相书一函，在外排从左至右等待算卦者有：马、驴、猪、蛇、牛，后排从左至右有猴、鸡、鼠、兔、狗，此为不齿的十畜！被日本侵略者当猴耍的华北伪政权头目，垂头丧气地蹲在真山『何老』的卦摊墙根；狗仰头朝天，狂吠不止；老鼠正听着『何老』给它的卜辞，兔子在旁侧听时，不时扭头看着蹲在那里的猴子，盘算着自己的命运如何；一条毒蛇口吐毒汁正对着『何老』，但也不敢越过卦摊的门槛。马、驴、猪、牛这四大牲畜，尚在卦摊的台阶前左顾右望，一派心怀鬼胎、忐忑不安的神情，绝妙致极。何澄摆卦摊的『真山园』，茅草屋顶和苍松，线条细密、流畅，格高韵雅。旁以楷书刻录何澄专为此图所作的以上两首『摆卦摊』诗。

㈡媪优：媪：古代汉族传说中的神兽之一。似羊非羊，似猪非猪。在地下食死人脑，能人言。用柏枝插其头方可杀之，见《山海经·西次四经》《搜神记》《晋太康地志》。优：旧时指演剧的人为优伶。

㈢锱铢：古代重量单位，锱为一两的四分之一，铢为一两的二十四分之一。喻极其微小的数量。

㈣攒：攒眉蹙额之简字。攒眉：皱眉。蹙额：皱额头。形容眉头额头紧皱，颇为愁闷的表情。[明]冯梦龙《醒世恒言》第二十五回：『只见那女郎侧身西坐，攒眉蹙额，有不胜怨恨的意思。』

真山园诗十九首

哀逃妾四首

一

水性杨花志未坚，不甘寂寞怨人天。
东邻浪子过墙搂，南国妖姬欲梦圆。
空恋何能长久爱，私奔徒使古今怜。
痴迷色相忘恩义，暮楚朝秦似昔年。

二

只因好色与贪财，空手奔来岂重哉。
误解恋人非逆境，妄思染指竟摊台。
烟云变化真难料，露水姻缘怎少猜。
好梦方圆消息恶，落花无力堕尘埃。

三

恋热情痴不顾身，徘徊放眼望前尘。
亲生儿女犹难谅，苟且夫妻怎认真。
应悔一时遭诱惑，徒留千载剩酸辛。
为人作嫁终何用，家丑轰传溢四邻。

四

近世人心不可思，单言恋爱已非时。
果能床笫工夫尽，哪管娇嗔筋力疲。
大欲端为多侍妾，纵情何惜下陈尸。
古今万事馀强暴，惨忍精神天要欺。

逃妾怨三首

一

未曾掩耳忽晨雷，震得奴家骚兴灰。
岂料姘夫因缺德，居然犯案致奇灾。

帮腔合伙纷纷散，吃屁丢人件件来。
我靠他凶他靠了，伤心薄命是应该。

二

郎君好运未添加，辛苦奔来日正斜。
不怨年华流似水，实伤妾命薄于霞。
一生经遇偏妨主，半世飘零总败家。
木已成舟何所望，望人切莫献残花。

三

好梦方酣被未温，一盆冷水抖惊魂。
主人自顾当难顾，奴婢原浑热更浑。

片刻贪欢欢有限，长期恋爱爱何存。
烟行身体将生厌，迟暮谁依泪暗吞。

再逃妾怨四首

一

艳妆久罢待人抬，忽报姘夫怀鬼胎。
徒恨不应施色相，始知早已误良媒。
徘徊疑虑情难禁，远近传闻事要裁。
裤带过松身欠重，自家幼稚怨谁来。

二

深悔急忙牵就郎，先行交易后商量。
甘言蜜语奴轻信，背主离家事异常。
纵使未全遭虐弃，已经微露近炎凉。
床头口约将何恃，恶梦偏多秋夜长。

三

可怜两眼泪汪汪，秋风秋雨欲断肠。
只顾姘人贪恋热，那知度日剩凄凉。
生来命薄天难助，死固心甘运怎长。
虽觉卖身无可靠，依然不许减梳妆。

四

戚亲内外献眉深，笑骂齐来门鬼临。
守节不终伤祖德，含羞待幸表微忱。
兴家岂是姘夫意，祸族实为逃妾心。
利用一时原苟且，天长地久非古今。

逃妾喜怒乐哀

喜

周妈喜报自东来，传说佳期期近哉。
锣鼓催妆骚性动，琵琶抱手□粉头[一]。

不图劣质垂青眼，岂料宏恩到狗才。
形秽怕尝花烛夜，低声私语问良媒。

怒

奴本豪家富贵身，为贪淫欲被奸轮。
明言此爱全归我，胡谓分赃尚有人。
名义当然称主妇，婚姻哪许误良辰。
尔如薄幸无情甚，莫怪床头要认真。

乐

含羞坐轿乐何如，薄薄芳心筋骨舒。
床上温存欢欲涕，梦中酣蜜味非虚。

私奔姘处妻犹妾，正式开张马似驴。
苦尽甘来随所愿，世人莫笑老娘徐。

哀

旧人犹笑新人哭，岂是奴家意料中。
想到伤心难过处，只馀泪眼暗弹空。
满思以媚长专宠，竟说撒娇尚未工。
暮暮朝朝真罪虏，凄凄惨惨怨东风。

逃妾恨四首

一

久已姘居比翼飞，有何忸怩不于归。
苟能名实真相副，敢望妆奁格外肥。
锣鼓愈催心愈乱，商谈非确事非微。
洞房虚设簪环假，郎纵心急妾怕讥。

二

渐觉姘头要骗奴，约言微露昔今殊。
强要痛革全家命，始肯稍怜薄命躯。

覆水未乾来变卦，前夫合作日良图。
忽松忽紧都由尔，空趁经年一样无。

三

深悔当年裤带松，乱交薄爱满身痈。
奴虽忍痛周旋偏，尔怎无情左右冲。
直把肉躯当货物，反嫌血水损仪容。
早知结果凶如此，少剩心肝对祖宗。

四

前言后语太悬殊，利尔虽然怎利吾。
奴纵低头谁见谅，他不放手我安苏。

双簧合奏谈何易，单打狂吹力已无。
胡闹一场天下笑，徒增铁像莫愁湖。

注释：

㊀□处漏刻一字。

【按】《真山园诗》，共十九首，分别作于一九三九年夏日、九月和冬日。是年冬季，何澄请民国时期微雕大师于硕镌刻于《真山卜隐图》背面。

中国古代，妻为正室，妾为副贰。妾是贱者之名。而逃妾，本寓汪精卫是蒋介石的小妾，看到日本人对其拉拢、许诺，便转投日本人再为妾，所以何澄对汪精卫以『逃妾』名之。《管子·戒》说：『妾人，犹言妾身。』何澄深得此字意，把汪精卫投靠日本帝国主义后，自以为傍了一个宠爱自己且有钱的姘头。哪想到，这姘头家底本不厚，资源又匮乏，在中国战场被打成了一个穷光蛋，再加纳下的妾太多，新纳他为妾，只是希图从他身上榨取更多利益罢了。何澄这组《真山园诗》通俗明快，竭尽讥讽挖苦之词汇。《逃妾喜怒乐哀》四首之一首句『周妈喜报自东来，传说佳期期近哉』，系指汪伪汉奸卖国集团第三号人物周佛海，于是年十月赴日本东京，代表汪精卫祝贺阿部信行内阁成立，并与日本军政当局会谈，乞求姘头早日恩准建立伪中央政府，早日『荣登』妾妇之位。但令汪精卫失望、恼怒的是，日本政府这个姘头却迟迟不准他的『中央政府』成立。这不是由于汪妾对日本这个姘头不忠顺，而是因为日本方面当时认为他们新纳的这个妾，尚未具备搞垮前夫重庆政府的实力，尽管百般奴颜婢膝地发表了不少广播讲话，发表不少鼓吹『和平运动』的文章，但仍未能诱使多少真正有用的重庆政府方面的军政人员归附。因此，日本方面寄希望于仍在进行中的劝降『吴佩孚工作』能获成功。

何澄此组打油诗最后四首《逃妾恨》，写于『己卯冬日舟中』。其实早在是年三月，何澄就已报知重庆方面：『日方拉拢吴佩孚出山一事，吴氏对土肥原贤二要求，除非日军全数退出中国或日本政府正式声明退出，馀则不必再谈。日方拉拢吴氏一事，可谓完全失败……』

结句『胡闹一场天下笑，徒增铁像莫愁湖』，预言汪精卫这个逃妄，必定会给南京的莫愁湖也徒增秦桧之类的铁像。一九四六年一月二十一日，汪逆墓被国民第七十四军的工兵营炸毁，何澄卜给汪精卫的卦签因此事件，也得以兑现。

耍猴儿㈠

锣鼓喧天猴狗欢，皮鞭一指跳攒攒。
莫言动物善灵气，冠戴堂堂不是官。

【按】《耍猴儿》《鸡犬舔丹》两首诗作于一九三九年冬，是何澄请于硕镌刻成的另一件微雕艺术品。此微雕挂件一面为『耍猴儿图』，一面为『鸡犬舔丹图』，分别镌刻在正反面。

『耍猴儿』：刻着一位敲着铜锣的耍猴艺人，身后背着表演时所用的道具箱子上蹲着两只猴子，前面奔跑的是一只打场子短腿的小狗，小狗背上站立着一只穿着衣冠的猴子，这只猴子的脖子套着一条绳子，被耍猴艺人牵着。这种场面，属于老北京三百六十行之一的『耍猴儿』，叫『乱蹦跟斗弄刀枪』。耍猴艺人只要敲一阵喧闹的铜锣，便是通知人们，他和他的『搭档』——小猴子的表演就要开始了。耍猴的人在表演时，对猴子连说带唱，颇能招徕爱看热闹的妇孺。看耍猴的当然各有所想，妇孺看的是热闹。而在愤世嫉俗的文人眼中，看到的却是猴戏中的『禽兽衣冠』。清季便有《竹枝词》：『猢狲也会出把戏，兽类之中算灵衣。乱蹦跟斗弄刀枪，身躯矫健真无比。筋斗刀枪技须完，身骑狗背换衣冠。』

何澄请于硕镌刻于象牙方牌和微雕挂件上的打油诗，鞭挞了民族败类，讽刺了无耻的奸佞之徒，揭露了群奸伪类祸害民族大业的阴谋诡计，可谓一字之讽，等同斧钺，是中华民族有气节的文人，为民族尊严掷向投敌叛国者的一杆杆标枪，劈向人间伪类心脏的刀斧！

一九四一年七月七日下午三时，何澄在上海大陆商场（今南京东路三五三号）的清华同学会为长女何怡贞和女婿葛庭燧举行结婚仪式。送给女儿的结婚礼物，不是金项链，不是玉镯，也不是其他什么珍贵的纪念物，而是这件讽刺汉奸的微雕艺术品。从时间的选定，到结婚礼物的准备，均可见何澄无论何时何地，对日寇和汉奸的势不两立。

鸡犬舔丹㈠

刘安好事鼎留丹，若得畜生当大餐。（西洋菜谓大餐）
鸡犬人间住不住，云中天上梦邯郸。

注释：

㈠『鸡犬舔丹』：鸡犬聚会于山水烟云之间，一只炼丹的大鼎在云间从底部喷出灵丹烟火，吐向人间一堆灵丹妙药。四只狗、四只鸡围在灵丹妙药四周，有的埋头猛啄，有的用舌舔吃，有的东张西望；

而上方的云雾中，尚有几只鸡犬在奔走，在惊惶顾盼，还有一个人正像邯郸学步那样爬行……在这一派『鸡犬升天』的气氛中，于硕把何澄诗中寓象意镌刻描绘得逼真传神。

何澄此诗用汉代淮南王刘安『一人得道，鸡犬升天』的传说，惟妙惟肖地嘲弄挖苦了汪精卫于一九三九年九月五日在上海召开伪国民党六届一中全会，成立所谓『中央党部』，群奸分赃争肥的丑态。

无题二首

春春梦梦大劫游，昏昏那个不徒愁。
安能遑论秦何汉㈠，等死应怜裴与刘㈡。
献策可知功是罪，盖棺便觉贵如囚。
伤心今古多陈迹，日日飞鸣苦命鸥。

秋夜浮云薄似罗，星星点点满天河。
凭栏顾尽模糊眼，对月聊舒慷慨歌。
切望昇平观气象，饱尝忧患惯风波。
兵戈南北忠亲故，不禁伤神唤奈何。

注释：

㈠安能遑论秦何汉：陶渊明《桃花源记》：『自云先世避秦时乱，率妻子邑人来此绝境，不复出焉，遂与外人间隔。问今是何世，乃不知有汉，无论魏晋。』元张养浩《山坡羊·潼关怀古》：『峰峦如聚，波涛如怒，山河表里潼关路。望西都，意踌躇。伤心秦汉经行处，宫阙万间都做了土。兴，百姓苦；亡，百姓苦。』

㈡裴与刘：裴寂（五七三—六三二），字玄真，蒲州桑泉人（今山西临猗）。唐高祖时宰相。隋大业十三年（六一七），李渊为太原留守。裴寂与李渊关系密切。李渊次子李世民和晋阳县令刘文静密谋起兵，谋划已定，请裴寂劝说李渊起兵。李渊起兵后建大将军府，裴寂为长史，封闻喜县公。攻取长安后，封裴寂为魏国公。隋炀帝在江都被杀，裴寂又佐李渊受禅称帝。即位后，李渊留有诏书：秦王李世民及裴寂、刘文静三人为太原元谋功臣，『特恕二死』（赦免两次死罪）。贞观三年（六二九），僧人法雅因妖言获罪，裴寂也受到牵连。唐太宗免去其官职，削去一半的食邑，放归故里。狂人信行客居汾阴，常对裴寂家僮道：『裴公有天分。』信行死后，家奴恭命将此事告诉裴寂。裴寂大惊，不敢奏明皇帝，暗中命恭命将知情的家僮杀死。恭命却背着裴寂，将家僮放走。后恭命向朝廷告发裴寂。唐太宗大怒，对侍臣道：『裴寂犯了四条死罪：一，官居三公却与妖人交游；二，事发之后，愤称国家之兴是其所谋；三，隐匿妖人之言而不奏；四，杀人灭口。』最终将他流放静州。静州山羌作乱时，裴寂率家僮破贼。唐太宗故念裴寂『佐命之功』，诏令还朝，但此时裴寂已经病逝。后被追赠为相州刺史、工部尚书、河东郡公。

刘文静（五六八—六一九），字肇仁，京兆武功县人。唐朝开国功臣，唐高祖时宰相。隋朝末年，为晋阳县令，与时为晋阳宫监的裴寂为友。大业十三年（六一七），刘文静与李世民暗中筹划起义。刘文静知裴寂与李渊颇有交集，便请裴寂劝说李渊起兵反隋。李家父子在晋阳起兵后，建大将军府，以刘文静为军司马。得长安后，转大丞相府司马，进授光禄大夫，封鲁国公。大唐王朝建立，刘文静自认才能远超裴寂，且屡立军功，地位反而在其下，心有不平。每次廷议，便故意和裴寂作对。一次，刘文静和其弟刘文起宴饮，酒后拔刀击柱说：『一定要杀了裴寂！』刘文静一个失宠的小妾，把此事告诉了其兄，其兄遂上告刘文静谋反。受审时刘说：『起义之初，我为司马，与长史地位相当。如今裴寂已官至仆射，居于甲第，赏赐无数。而我的官爵赏赐和众人无异。东征西讨，家口无托，确实有不满之心。』李渊对群臣说：『刘文静此言，反心甚明。』裴寂历数该杀之理，遂下杀心。刘文静临刑之前，拍着胸口长叹道：『「高鸟尽，良弓藏。」果非虚言！』

近日《大公报》论和平条件《中华日报》骂其不达时务索价过高戏代《中华日报》作打油诗以嘲《大公》(一)

可恨《大公》欠大公，只为中国不为东。
高抬市价争还价，硬要从丰妄想丰。
奴是凭爷随意赏，尔胡仗势把心攻。
汉奸骗子三江达，无本生涯四海通。

注释：

①《大公》，即以『四不主义』（不党、不卖、不私、不盲）为办报宗旨的民国年间著名的《大公报》。『七七事变』后，天津、上海相继陷落，《大公报》力主抗战，表示『一不投降，二不受辱』，天津版、上海版分别于一九三七年八月五日、十二月十四日停刊。总编辑张季鸾率曹谷冰、王芸生等分别从天津和上海迁往汉口，创办汉口—重庆版《大公报》（汉口版为一九三七年九月十八—一九三八年十月十七日，重庆版为一九三八年十二月一日—一九五二年八月四日），总经理胡政之率金诚夫、徐铸成等迁往香港，出版香港—桂林版《大公报》（香港版为一九三八年八月十三日—一九四一年十二月十三日，桂林版为一九四一年三月十五日—一九四四年九月十二日）。

【按】　一九三九年十二月，日本驻香港特务机关长铃木卓尔中佐，通过香港大学教授张治平斡旋，得以见到宋子文的胞弟、时在香港西南运输公司担任董事长的宋子良。截至日方同意汪伪政府成立之前，中日双方展开了真真假假、扑朔迷离的五次试谈、一次座谈，一次正式会谈。这就是抗战时期中方称为『宋子良路线』，日方称为『桐工作』的一次关系重大的外交谈判。在中日双方各提『和平条件』期间，发生了一起轰动中外的香港《大公报》披露『汪日密约』的事件。事情的肇始者为参加汪精卫『和平运动』的两位当事人高宗武和陶希圣。一九四〇年一月三日，高宗武与陶希圣在杜月笙的掩护接应下，一同潜离上海，五日抵达香港。一月二十一日，高宗武、陶希圣联名致函香港《大公报》，并将智取的『汪日密约』，即《日支新关系调整要纲》及附件交由该报公开揭露。一九四〇年一月二十二日，《大公报》头条新闻为：

高宗武陶希圣携港发表

汪兆铭卖国条件全文

集日阀多年梦想之大成！

极中外历史卖国之罪恶！

从现在卖到将来从物资卖到思想

一九四〇年一月二十三日，香港《大公报》又发表陶希圣的《日本对所谓新政府的条件》。二十四日，蒋介石在重庆《大公报》发表《关于日汪协议之告全国军民书》指出：

近日中外各报所披露的汪逆卖国文件，有『日汪』在上海签订，而由犬养健携回东京的《日支新关系调整要纲》，以及汪逆向敌方提出成立伪政府的必具条件，和敌方的答复。这几个文件全国同胞批阅之后，对敌阀与汪逆的阴谋诡计，必有更进一步的认识了……我们可以察知敌国在一月初所谓『兴亚院』开会讨论的内幕，我们更可以由此认识汪逆是不惜将整个国家和世代子孙的生命奉送给敌国……所谓『善邻友好』就是『日支合并』，所谓『共同防共』就是『永远驻防』，所谓『经济提携』，就是『经济独霸』……这个敌伪协议，比之『二十一条』凶恶十倍，比之亡韩手段更加毒辣。我敢相信，稍有血气稍有灵性的黄帝子孙中华国民，读了这一文件，一定发指眦裂……

香港《大公报》和重庆《大公报》相继披露『汪日密约』和《日本对所谓新政府的条件》后，汪精卫在上海出版的卖国机关报《中华日报》（一九三九年七月十日创刊，林柏生任社长，叶雪松任总经理，郭秀峰任总编辑），对此极力否认。先是发表汪精卫『随从秘书长』陈春圃的谈话：『就本人所知，最近数度之折冲，高、陶已未参与，因此最近之文件高、陶即使蓄意摄存，已为事实不许。』后又刊发一月二十四日汪精卫在青岛接见路透社记者的谈话：『迨去年十一月左右，因对于彼等二人之态度，发现可疑形迹，故此后遇有重要交涉，即不复使彼二人参加，二人乃竟窃取去年十二月五日日本方面与该地当局一部分人士之和案，居为奇货，向重庆方面告发，此种行为，实堪慨叹……故高、陶两人所发表者，完全出于向壁虚造，事实必有可证明之耳。』

何澄针对汪精卫的『向壁虚造』之说及《中华日报》对高、陶二人的咒骂，作此打油诗。

无题二首

破阵之先先摆阵，架桥桥断舞台成。
六朝㈠过眼烟云散，四海㈡归心家国倾。
指日太平谁粉饰，望洋浩叹众竞争。
人间多少离奇事，历史徒留榜上名。

五洲万国都妖变，绝后空前花样新。
创造畜生传染病，演成魔鬼纵横身。
英雄祸世师刘石㈢，志士言和逊贾秦㈣。
不信人间常恶劣，只教五道㈤总回轮。

庚辰春二月　晨起遣兴之作

无所指，有所指；有所指，无所指；

都不指，都指，读者知之。

注释：

㈠六朝：二二二—五八九，中国历史上三国至隋朝南方的六个朝代，即东吴、东晋、南朝宋、南朝齐、南朝梁、南朝陈，其首都均建在南京，故六朝亦是南京的代称。

㈡四海：犹言天下，多将五湖四海联系一起，喻指全国各地。《书·大禹谟》：『文命敷於四海，祇承于帝。』《史记·高祖本纪》：『大王起微细，诛暴逆，平定四海，有功者辄裂地而封王侯。』

㈢刘石：『刘石乱华』简称。永嘉二年（三〇八）刘渊称帝，建都平阳，国号汉。永嘉六年（三一二），刘聪攻陷洛阳，纵兵烧掠，俘掳晋怀帝。石勒乘此之乱一度攻破豫州、江夏，势力范围西及南阳，北据淮汝，南抵长江。太兴四年（三二一），祖逖病死，石勒又攻占河南。中原遭刘石之乱，人民之荡析离居者，十室而九。顾炎武《与友人论学书》：『昔刘石乱华，本于清谈之流祸。』

㊃贾秦：『贾』为贾似道。贾似道（一二一三—一二七五），字师宪，南宋台州人（今浙江台州）。德祐元年（一二七五），亲出督师。二月，至安庆鲁港与元兵相遇，大将夏贵先已决计降元，至是不战而去，且扬言前锋已败，摇动军心，致全军溃散。战时私自与蒙古议和，被罢官、贬逐。八月，为监送官郑虎臣擅杀于漳州。未久，宋亡。贾似道入主朝政前，尚有作为。其后，『专功而怙势，忌才而好名』，刚愎自用，排除异己，怠忽朝政，纵情享乐，置国家命运于不顾，在导致南宋土崩瓦解的同时，也使自己身败名裂。后人评论其为『阃才有余，相才不足』。撰有研究蟋蟀的专著《促织经》。

『秦』，即秦桧。秦桧（一〇九一—一一五五），字会之，初谥忠献，宋宁宗时改谥缪丑，江宁人（今江苏南京）。宋徽宗政和五年（一一一五）进士，北宋末年任御史中丞。靖康之祸后被掳至金国，后南归，出任礼部尚书，两任宰相。其《遗表》曰：『益坚邻国之欢盟，深思社稷之大计，谨国是之摇动，杜邪党之窥觎……』（徐梦莘《三朝北盟会编》卷二二〇）临死之际所担心的仍是赵构可能又听信『邪党』的话，动摇『邻国之欢盟』，不肯坚守其为丞相期间所定之『国是』。

㊄五道：佛教术语。五道者，天人地狱饿鬼畜生也。

【按】 一九四〇年三月二十五日，是日本方面『桐工作』等待重庆方面答复是否派遣代表前来谈判的最后期限。期至，重庆国民政府没有一句话递给板垣征四郎。不得已，日本方面只好让汪精卫的傀儡政府在南京粉墨登场。

三月三十日，汪伪汉奸集团『还都』大典在南京举行。汪精卫宣读《还都宣言》，然后与各伪院、部、会官员宣誓就职。汪精卫任伪国民政府代理主席（虚位以待林森为主席）兼行政院长、伪中央政治委员会委员长、军事委员会委员长、海军部长。

非常可笑的是，日本侵略者自己扶植起来的傀儡政府，自己却不在典礼当天承认，只是发表了一个声明，仅表示支持而已。日方留给自己的这点余地，是为了继续对蒋介石进行诱降。此前由板垣征四郎进行的『桐工作』虽然失败，但其真实意图也正在于此。他们通过各种渠道与蒋介石谈条件，均感蒋介石不同于汪精卫，不会轻易就范。因此，才决定在对重庆国民政府继续开展『和平』工作的同时，承认早已睡在一起，且百依百顺的汪精卫为『新妾』。

汪伪『还都』的同一天，重庆国民政府公布了汪精卫、褚民谊、周佛海、陈璧君、陈春圃、陈群、陈公博、梁鸿志、王揖唐、赵正平、岑德广、王克敏等一百多名汉奸的通缉名单，并发表『悬赏拿办汪兆铭之命令』，谴责汪精卫『依附敌人，组织伪政府，卖国求荣，罔知悔悟』，命令『各主管机关，严切拿捕，各地军民人等，并一体协缉，如能就获，赏给国币六十万元，俾元恶归案伏法，以肃纪纲』。

汪伪『还都』闹剧大幕一拉启，何澄便写下多首为群奸伪类画像的打油诗。在题为《无题二首》的『真山打油诗』中，何澄的愤怒几达肺炸——『创造畜生传染病，演成魔鬼纵横身』。在他眼里，宣誓『还都』的这些伪官已不是平常的畜生了，而是败类创造出来的、且能传染一群的魔鬼！他用十六国时期『刘石乱华』的史典，把汪精卫比作开启『五胡乱华』危局，使中原陷入分裂、混战一百三十余年的罪魁祸首刘渊和石勒；这个当年以『慷慨歌燕市，从容作楚囚；引刀成一快，不负少年头』的英雄志士，师从刘渊和石勒，祸乱中华，犹如南宋汉奸权臣贾似道和秦桧，祸国卖国，二人迷沦有欲，淆乱本真，已走上畜生道、饿鬼道。这等伪类终究会被真正保家卫国的爱国者送往地狱的。

闻见有感

乱世奸邪不可思，丧心狂病古今奇。
卖身腼面惟争长，摇尾低头但欲卑。
历史数千年少见，畜生几万种无之。
不堪南望金陵[一]气，气撼钟山[二]孙岂知。

注释：

[一]金陵：南京古称、别称。［唐］许嵩《建康实录》：『越霸中国，与齐、楚争强，为楚威王所灭，其地又属楚，乃因山立号，置金陵邑也。楚之金陵，今石头城是也，或云地接华阳金坛之陵，故号金陵。』

[二]钟山：位于南京东郊，三峰相连形如巨龙，山、水、城均具，山顶常有紫云萦绕，又名紫金山。

【按】　面对汪伪叛国集团的『还都』闹剧，何澄的这首诗，表达了孙中山先生当年缔造共和的首都，如今被这帮伪类和日寇沆瀣一气，已成一片残山剩水的浩叹。

伤心王佐才㈠

万事空留影，伤心王佐才。
石头流水去，木偶舞台开。
成败原无色，荣枯岂有胎。
古今皆是幻，幻念盼君来。

注释：

㈠王佐才：辅佐帝王创业治国的人才。《后汉书·王允传》：『郭林宗尝见允而奇之，曰：「王生一日千里，王佐才也。」』王允（一三七—一九二），字子师，并州太原郡人（今山西祁县）。汉献帝初年任司徒、尚书令。当时皇帝只是一个傀儡，董卓大权在握，王允策划了对董卓的刺杀，但执意杀害名士蔡邕而失民心，导致董卓余党反扑，长安失守，王允和其家族亦被处死。又，李白《书情赠蔡舍人雄》诗：『夫子王佐才，而今复谁论？』［清］凌扬藻《蠡勺编·李长源近张子房》：『漳浦蓝玉霖曰：「李泌，王佐才也。」』

【按】 何澄的这首《无题》诗，以汪精卫在南京国民政府时期一直不甘心于『王佐才』的辅佐角色为内容，对其进行了辛辣的暗讽：真正的南京政府西迁了，你这个在日本侵略者卵翼下的木偶傀儡方能登台。但这种从『王佐才』到『领袖』的角色转换，最终也是一种梦幻。

北归闻见有感

满目干戈又北来，几人憔悴几人哀。
争趋仕路为泥俑，甘作囚奴成祸胎。
害国殃民心未足，卖身无耻首难回。
而今幸有汪精卫，都谅王三[一]老不才。

注释：

[一]王三：王克敏；或指华北日伪政权的三王：王克敏、王荫泰、王揖唐。

【按】 一九四〇年三月三十日，在汪伪中央政府所谓『还都』之日，伪华北临时政府发表解散宣言，以华北政务委员会的形式改头换面出现。四月一日，王克敏及其大小汉奸粉墨登场，宣誓就职。王克敏任伪华北政务委员会委员长，王克敏、汪时璟、齐燮元、汤尔和、王荫泰、殷同六人为常务委员，朱深、董康、王揖唐、苏体仁、余晋龢、赵琪、江朝宗、马良、潘毓佳等九人为委员。六署二厅的督办和厅长，除个别作调整外，几乎仍是原伪华北临时政府的原班人马，只把总长改换成督办。王克敏及其奸徒在新的『衙门』中各踞其位，俨然以华北小『朝廷』自居。伪华北政务委员会名义上是汪伪国民政府的直属机构，实际上汪精卫的伪国民政府只是一个空名而已。

自从华北日伪政权成立后，王克敏和王揖唐就在人事安排、机构设置等问题上明着激烈争吵，暗地互相争夺，被人讥为『二王斗法』。一月之后，王揖唐被王克敏排挤出华北，担任汪伪国民政府考试院院长，成为汪伪集团成员之一。而王克敏在为汪伪筹建伪府的过程中，由华北日军的撑腰和唆使，对汪精卫明言讥讽，正面对抗，采取不合作的态度，华北伪政权的政治体制、『国旗』、『国歌』等等都是自行其是。其人事任免、政务管理、经济掠夺等，均由日本在华北的主子直接操纵，汪伪的伪员非但派不到华北来，而且连插手和染指的机会都没有。由此，王克敏和汪精卫结下了仇隙。一九四〇年六月，汪精卫在与日本主子的反复要求下，王克敏被迫辞去了华北日伪政权一把手的位置。何澄作此打油诗，予以讽刺。

老英雄[一]九首(外一首)

一

不论乱世与升平，宠爱都为裙带[二]情。
莫谓要人不要脸，要钞要命最分明。

二

多才多艺姓名扬，踢毽风筝兼跑堂。
太极南腔与北调，还能运动伴徐娘。徐娘名来[三]

三

秘书长手御香车，有美人鱼[四]坐上花。
毕竟巴黎平等化，屈尊降贵作干爷。

四

大国人多艳事多，一场胡闹葬山河。
而今况是临混水，纵不摸鱼鱼奈何。

五

草包特演草桥关，笑杀东邻司令官。
此曲只应今日有，谁云叔宝少心肝。

六

二男双寿祝吴门，两长同庚一样尊。
锣鼓喧天天晓得，空前绝后发迷昏。

前六首犹嫌未尽，兴来，再成四首

七

和平建国国何兴，才艺襟兄作股肱。
杂耍不输徐狗子，北平卖艺场杂耍第一有名者
天桥足可舞台登。

八

各路英雄大会来，纷纷扰扰镜头开。
偏劳部长亲提笔，画地为牢真快哉。

快，动作敏捷迅速之谓

九

写真快镜手提高，撮得猴羊衣锦袍。
好梦方酣人影乱，姑留鸿爪赛鸿毛。

十

汽车装甲亦还都，空手得来大丈夫。
不出斯人谁露脸，戏衣三袭易三吴。

戏衣三件为陈所赠

注释：

①老英雄：暗指褚民谊。

褚民谊（一八八四—一九四六），曾名明遗，字重行，浙江吴兴人。一九〇三年东渡日本求学，习政治经济。一九〇六年随张静江赴法国。一九一一年底，结识了汪精卫，后和陈璧君之母卫月朗养女陈舜贞结婚，遂与汪精卫成为连襟。一九二四年，以『兔子阴部构造』论文，获法国斯特拉斯堡大学医学博士学位，被人戏称为『兔阴博士』。一九三二年，汪精卫任国民政府行政院院长，其出任行政院秘书长，主持院内一切事务。抗日战争爆发后，国民政府西迁重庆，褚民谊滞留上海，任中法国立工学院院长、中法技术学校医学部研究部主任。汪精卫成立伪国民政府，任行政院副院长兼外交部长。一九四〇年十月，任伪驻日大使。一九四五年七月，任伪广东省省长。一九四五年九月十二日，被军统局捕获。一九四六年四月二十三日，被江苏省高等法院以『通谋敌国，图谋反抗本国』罪，判处死刑。同年八月二十三日，在苏州狮子口第三监狱刑场被枪决。

㈡裙带：妻女、姊妹的亲属。［宋］赵升《朝野类要》：『亲王南班之婿，号曰西宫，即所谓郡马也，俗谓裙带头官。』

㈢徐来（一九〇九—一九七三），浙江绍兴人，原名小妹，又名『洁凤』。一九二七年，考入近代音乐家、艺术教育家黎锦晖所办中华歌舞专修学校，毕业后即入黎锦晖的明月歌舞团，并与黎锦晖结婚。其后，加入明星影片公司。一九三三年，主演了无声片《残春》，以『东方标准美人』之誉，一举成名。之后，又主演了《泰山鸿毛》《华山艳史》《到西北去》《路柳墙花》《船家女》等片。一九三五年，被在上海当中将参谋的唐生明看上，遂与黎锦晖离婚，再嫁唐生明，从此息影。

唐生明（一九〇六—一九八七），湖南东安人，民国军政要人唐生智之弟。一九二四年，入湘军第三师师长叶开鑫部。一九二六年，由唐生智作为私人代表送往黄埔军校，为第四期步科生。毕业后，任国民革命军第四集团军学生队副队长，未几，即任第四集团军总司令部警卫团第二团团长。一九三一年，任国民政府军事参议院中将参议；同年秋，入中央陆军大学。一九三五年毕业后，任军事委员会中将参谋。抗日战争爆发，任长沙第九战区常（德）桃（源）警备司令。一九四〇年九月，受蒋介石派遣，打入汪伪内部。何澄当时不知此谍案的秘史，于是连『同志』也讽刺了。

㈣杨秀琼（一九一八—一九八二），广东东莞人，民国时期游泳明星。一九二八年，随父杨柱南移居香港，入读尊德女子学校，业余时间开始接受父亲的游泳训练。一九三〇年，香港举行全港游泳大赛，年仅十二岁的杨秀琼获得五十米和一百米自由泳两项冠军。一九三三年，在第五届全国运动会上获得女子五十米、一百米自由泳、一百米仰泳和二百米蛙泳金牌，『美人鱼』的雅号不胫而走。在场观看的蒋介石夫人宋美龄认她为干女儿。一九三七年与『北国第一骑师』陶伯龄结婚，十九岁被迫当了范绍增的第十八房姨太太，不久便到加拿大温哥华侨居。

【按】　褚民谊登台后，何澄即作《老英雄九首》(外一首)，予以讽刺。先作六首，后意犹未尽，又作四首，终成十首。

《老英雄九首》(外一首)第一首，何澄讽褚民谊无论是在真国民政府时期，还是在伪国民政府炮制之际，他的官都是靠裙带关系当上的。

第二首，讽褚民谊在汪精卫当南京国民政府行政院长时期，以行政院秘书长身份到上海参加市立学校运动会，站在演说台上，发表完演说后，又参加了一个踢毽子的表演。在踢毽子时，不但手脚敏捷，而且花样繁多。各报热烈捧场，不但竞相报道，还刊出他踢毽子时的照片；踢毽子表演之后，在上海民立中学演讲『打太极拳的益处』，接着在沪报发表了一篇『太极操讲义』，将太极拳化为团体操，于是上海各学校纷纷加上一课太极操。当时褚民谊有一句口号，叫做：『救国不忘运动！』褚民谊爱唱昆曲，曾跟仙霓社的华传浩练过身段和唱功，后跟净行金派金少山学戏。一九三六年，上海三大帮会之一的张啸天六十岁生日，褚民谊在其海格路大沪花园的堂会上，又演又唱。『还能运动伴徐娘』句，点明徐娘就是徐来，是讽刺褚民谊除了有踢毽子、放风筝、打太极，唱堂会这些闲本事外，还有一个真本事，就是利用徐来，把唐生明都拉拢到伪府这边来了。

第三首，言一九三三年十月十日在南京举行的第五届全国运动会上，杨秀琼一举摘得多项女子游泳金牌，再加体格健美，长得漂亮，『美人鱼』的雅号不胫而走。另一条不胫而走的新闻的是，褚民谊亲自为杨秀琼坐的马车执鞭拉缰，游览中山陵。何澄在此一是讥笑他风流成性，二是嘲他自当官起就有失官箴。

第五首，是说褚民谊为讨好侵华日军司令官，特地登台演出《草桥关》。《草桥关》为京剧传统剧目，剧情梗概为：刘秀登基后，命姚期镇守草桥关，日久思念姚期，又命马武、杜茂、岑彭三人替回姚期，随朝伴驾。姚期入都后，其子姚刚打死郭太师，姚期捆子上殿请罪。刘秀大怒，要将姚期全家问斩。马武适因牛邈攻打草桥，回朝搬兵，闻讯，闯宫保奏，逼刘秀下赦旨，才救下姚期父子，使父子二人戴罪出征。褚民谊奴颜婢膝的一幕，只在现今才可看到。

外一首，汪伪『还都』典礼，由褚民谊主持。一天之中，不同场合换了三套陈公博所赐行头。何澄以数字『三』，嘲笑他是『戏衣三袭易三吴』。

观某女伶演《思凡》[一]打油一首

曼舞擅清歌，庐山面若何。
行腔三两掌，飞眼百千梭。
掌急陈降表，梭繁念弥陀。

逢场原作戏，优劣待经过。

注释：

①思凡：传统戏曲剧目，全名《思凡下山》，亦名《尼姑思凡》。内容为青年尼姑陈妙常思慕凡俗生活，私逃下山，途中与另一私逃下山的青年潘必正相遇而结合。昆曲一般只演《思凡》《下山》两出，京剧演出有时不带『遇僧』一场。

近闻宁国府教育部长[一]曾以自己之花瓶转妻其子更遣子远学于北平仍以媳为花瓶并以花瓶为模范女子中学校校长花瓶校长一下马即革除两校役两校役老矣因生计断后则自杀艳事惨事遍传社会众皆以为此是『还都』盛举『和平』伟业实绩表现敢以诗美之诗虽不佳特记实耳

万类还都百事齐，振兴女校属家鸡。
威加校内双奴毙，荡浪床头两代迷。
前后兼施难父子，轮流博爱似姬妻。
宋朝遗孽应新运，弄得江南人鬼啼。

前题戏代花瓶简未婚夫

早经亲手做羹汤，汤好先将翁舅尝。
尝罢一杯分给尔，尔真幸福赵家郎。

【按】时任汪伪教育部长的是赵正平。

赵正平（一八七八—一九四五），字厚生，又字厚圣，号仁斋，笔名侯声，斋名仁斋，上海宝山人。一九〇二年赴日本准备习陆军，恰有凡自费生不得学陆军之例，只得返回。一九〇五年，清廷练兵处命各省选派留日陆军学生，与黄郛得浙江省官费东渡留学；是年夏，入东京振武学校，后改入早稻田大学。同年加入中国同盟会。一九一一年，任广西同盟会支部机关刊物《南风报》月刊主笔兼主要撰稿人。一九一二年一月，任南京临时政府兵站总监部参谋长。清帝逊位，任南京留守府调查局长。南京留守府裁撤后，改任江苏都督府副参谋长。一九一三年九月，讨袁失败，亡命日本，旋由日本前往南洋爪哇，任巴达维亚侨校中华学校校长。一九一八年，返回上海，任国立暨南学校校长。一九二六年，在上海主编《太平导报》，为浙闽苏皖赣五省联军总司令孙传芳鼓吹联省自治。一九二八年八月，任南北统一后的北平特别市政府社会局局长。一九二九年，任青岛特别市政府教育局局长。一九三二年，任黄郛发起组织的中华人民共和国建设学会会刊《复兴月刊》主编。一九三九年春，由后方经香港前往上海，参加汪精卫『和平运动』；七月中旬，与四十余人出席汪兆铭主持召开的『干部会议』，正式投身汪伪集团。一九四〇年三月，出任汪伪南京政府教育部部长。一九四一年八月，任伪上海大学校长，伪教育部部长由李圣五接任。一九四五年八月十六日，汪伪国民政府宣布解散。伪府覆亡后，赵正平由上海逃往镇海，后畏罪自杀（亦有心脏病复发致死之说）。著有《兴国记》《孟子新解》等。

何澄与赵正平系旧交。赵正平投身汪伪集团后，何澄以他的恶迹为内容，作上述打油诗。

简心叔㊀

须知世态本炎凉，且莫尤人妄自伤！
事过当然无必要，运亨亦是有专长。
纵教附势应吹捧，岂恃交情可懒荒？
我早语君今日到，不能水淡怎如常。

癸未七月

注释：

㊀刊民国三十二年七月号《大众》月刊。

【按】岑德广，字心叔，广西桂林人。早年曾留学日本和英国。一九二二年出席华盛顿会议，任中国代表团专员。历任梧州海关监督兼外交部特派广西交涉员、滇桂联军总司令部总参议、善后会议代表等。一九三八年九月，和土肥原等日方人员商讨与其岳父唐绍仪『合作』问题。在《解决东亚危机及谋求永久和平之方案》时，岑德广向日方提出，以『唐绍仪为中心』，组织统一的伪中央政府。并对未来的汉奸政府作了具体设想：拟定政府名称为『中华民国国民政府』，『首都』设于南京，『国旗』用青天白日旗，『以北京为陪都，由国民政府特派一政务高级大员常驻，以便就近处置一般事务』。关于基本『国策』，提出『以防共睦邻为保持东亚永久和平，并以民主政体彻底保障主权独立及领土完整，对于友邦之一切条约均继续实行』。除此之外，还对其汉奸政府的组织系统，反蒋倒蒋计划，以及正式登台前准备发表的《和平救国宣言》提纲，作了详细的规划。唐绍仪被重庆方面特工制裁后，岑德广又参与筹建汪精卫伪政权的活动。历任汪伪中央政治会议委员、赈务委员会委员长、伪国民政府委员、最高国防会议秘书、经理总监部总监等职。

何澄祖上与岑德广祖辈为三代世交，曾力劝其不要往汪伪汉奸火坑里跳，不听规劝。一九四五年九月二十六日，与其他汪伪集团的主要成员在上海被军统局以汉奸罪逮捕。

以诗答叔雍

诗料添多口业多，况非文字可降魔。
不闻问矣更何看，看亦烟云转眼过。

举朝筹备接钦差，日暖风和春满淮。
忙杀襟兄两条腿，石头城树彩楼牌。

二重桥畔应泥首，久沐皇恩臣妾心。
何幸钦差天上降，如得惶恐拜当今。

【按】 赵尊岳（一八九八—一九六五），字叔雍，斋名高梧轩、珍重阁，笔名镇岳，晚年署赵泰，江苏武进人。上海南洋公学肄业。其父为张之洞重要幕僚、『民国诞生之助产婆』赵凤昌。

历任上海《时事新报》《申报》馆经理秘书、国民政府行政院驻北平政务整理委员会参议。一九四〇年三月，任汪伪国民政府铁道部政务次长；一九四一年八月，任汪伪政府行政院政务委员；一九四二年二月，任汪伪上海特别市政府秘书长；一九四四年十二月，任汪伪中央宣传部部长等职。抗战胜利后，被国民政府以汉奸罪判处无期徒刑。经申请复判，一九四八年保外就医，避走香港，为中华书局海外编译局编辑。一九五八年，应新加坡马来亚大学之聘，主讲国学。

素喜诗词，曾为清末民初著名词人况周颐弟子，著有《高梧轩诗全集》《珍重阁词集》等。

赵尊岳系何澄旧故，不听劝告，自甘落水，何澄作《以诗答叔雍》，直接寄呈，嬉笑怒骂尽在其中。

潘三省㈠

蝇营狗苟小流氓，新贵交游酒色荒。
声势居然差似杜㈡，神通竟而大于张㈢。
摇身一变为商界，洗手三思罢赌场。
罪孽轮盘人害尽，皇天那许纵豺狼！

注释：

㈠潘三省，字西崖，上海人，其赌场『兆丰总会』是汪伪政权『新贵』的销金窟。

㈡杜月笙（一八八八—一九五一），原名月，名镛，号月笙，上海县人。近代中国绿林、上海租界青帮中著名人物，亦为二十世纪上半叶上海滩有影响的人物之一。抗战爆发，积极抗日。淞沪会战期间，动员恒社门生组织别动队协助国军作战，并暗中帮助军统网罗人员、收集情报，并协助戴笠建立『人民行动委员会』，策划多起暗杀汉奸活动。如杀掉与日本合作拟出任伪浙江省长的张啸林和伪上海市长傅筱庵，等等。上海沦陷后，前往香港，以中国红十字会副会长身份，通过捐款、运送物资等各种方式支援抗战。香港被日军占领后，前往大后方重庆居留，设立中华实业信托公司，自任董事长。抗战胜利后回到上海，被选为上海市参议会议长。

㊂张啸林（一八七七—一九四〇），原名小林，后改名寅，浙江宁波人。一八九七年移居杭州，武备学堂肄业。移居上海后加入青帮，成为头领，与黄金荣、杜月笙并称为『上海三大亨』。一九三七年，日军攻陷上海后，公开投敌，筹建伪浙江省政府，并拟出任伪省长。一九四〇年，被贴身保镖林怀部暗杀于上海华格臬路（今宁海西路）张公馆。

吴世宝㊀

出身本是一车轮，两脚如飞更有神。
藉势忽为汪队长，垂时竟比沪闻人。

腰缠万贯钞来易，恶作多端祸有因。
早觉难逃天网密，应悲悔已害良民。

注释：

㊀原稿『保』为『宝』之误。

吴四宝，字云甫，后改名吴世宝，江苏南通人。靠心黑手毒、杀人不眨眼成为汪伪特务机关七十门号警卫大队大队长。

戏鸡

饲鸡不杀期生卵，卵尽当然论到鸡。
既已轮回为畜道，何犹翅振向人啼。

循环受报每每过，运数随缘缓缓栖。
世说三年天命转，且看日暮夕阳西。

【按】 卖身投靠，被人当鸡养的人，从来也没有好下场。一旦用毕，免不了被包养者所抛弃。投靠汪伪政权的一些人便遭到这种礼遇。何澄《戏鸡》诗，就是对这群伪类可耻下场的形象描述。

即事有感

国亡何必问民生，弱昧当然任意烹。
沟壑专留人宿处，囚奴哪许共存荣[一]。

同胞何必待人诛，上下逢迎足可屠。
无告之民哀无国，流离失所不如奴。

注释：

㈠共存荣：一九三八年十一月三日，日本帝国总理大臣近卫文麿发表『第二次近卫声明』，号召建立『大东亚新秩序』，欲树立『日满中三国相互提携，建立政治、经济、文化等方面互助连环的关系』，以大日本帝国、东亚及东南亚『共存共荣的新秩序』为目标。

【按】一九四〇年八月，近卫文麿首度明白指出『大东亚共荣圈』的名称，及指明日本帝国（含扶植政权、满洲国与殖民地台湾、朝鲜）、中华民国、法属中南半岛、荷属东印度、英属印度、马来亚（包括新加坡）、香港、婆罗洲地区（包括砂捞越与文莱）及新几内亚、澳洲、新西兰等大洋洲地区与苏联西伯利亚东部为大东亚之范围。大东亚共荣圈中，日本本国与伪满洲国、伪中华民国为经济共同体，东南亚作为资源供给地区。南太平洋为国防圈。

为实现『大东亚共荣圈』，一九四二年日本内阁设立大东亚省，并于一九四三年十一月五日由日本首相东条英机与伪满洲国『首相』张景惠、伪中华民国『行政院长』汪精卫、泰国王子汪歪搭雅昆·瓦拉汪（唯一实质独立的参与国）、菲律宾自治邦总统劳威尔、缅甸国总理巴莫、自由印度临时政府首席代表钱德拉·鲍斯等共同召开大东亚会议，并在会后发表《大东亚共同宣言》，以『解放殖民地，相互尊重，彼此独立』为号召。何澄对何谓『大东亚共荣』，有着清醒的认识。『大东亚新秩序』一出笼，即作《日本之所谓大东亚主义》一文，揭露其并吞邻国的本质。

日本侵占，汪伪乱华，人民生活困苦不堪，哪里会有什么共荣。何澄每每见到这种景象，总会感叹！

反云贱种死嫌迟

循环因果世何疑，如电光阴演见之。
徒使凶顽增罪恶，可怜愚蠢昧安危。
奴才哪许明图巧，走狗应知暗算奇。
莫令路人称大快，反云贱种死嫌迟。

【案】 在沦陷区，也不尽全是悲叹的事。一九四〇年八月十四日，投靠日寇、组织『新亚和平促进会』的上海青洪帮大亨张啸林，被重庆军统特工暗杀；十月十日，伪上海市长傅筱庵，在重庆军统局除奸行动的精心策划下，被『义仆』朱升用刀劈死，大快人心。何澄的这首《即事有感》，即是这种快意之情的表达。

咏臭皮囊㈠

同生同死又同光，同是贪痴梦一场。
那解应存真骨气，惟思乱用臭皮囊㈡。
皮囊纵在名常臭，狗盗不如姓怎香。
蠢蠢古今诸走肉，灵魂飞散到何乡。

丧心惟剩臭皮囊，用此皮囊作恶忙。
飞去飞来尸不定，同生同死丑难当。
发财卖国官求大，囤货殃民手要长。
忘却灵魂趋地狱，徒招笑骂祖宗伤。

注释：

㊀臭皮囊：喻指人之躯壳。［宋］刘克庄《寓言》：『赤肉团终当败坏，臭皮袋死尚贪痴。』［明］李贽《复马历山书》：『甚快活，甚自在，但形神离矣，虽有快活自在不顾矣。此自是恋臭皮囊者宜为之，非达人事也。』［明］无名氏《女姑姑》第四折：『终朝填满臭皮囊，何日超凡登彼岸。』《红楼梦》第八回：『女娲炼石已荒唐，又向荒唐演大荒。失去本来真面目，幻来新就臭皮囊。』

看邻家放焰口㊀

闹破黄昏佛道场，阴间饿鬼各眉扬。
纸钞值贱徒盈手，甘露味鲜香满肠。
莫恨众僧来作伪，实因六魄聚无常。
可怜阳世亦如此，扰扰纷争弱与强。

注释：

㈠放焰口：佛教有称『面然』者，是指地狱里的饿鬼。其体形枯瘦，咽细如针，口吐火焰，以生前悭吝之故，遂有此一果报。放焰口，则是对饿鬼施水施食、救其饥渴之苦的一种佛教仪式。该活动以饿鬼道众生为主要施食对象，施放焰口，使饿鬼皆得超度。

作孽阴谋闪电来

言行不顾使臣哀，作孽阴谋闪电来。
冷箭满期偷射虎，大兵妄动徒伤倭。
轻将岛国为孤注，敢在洋洲作罪魁。
殃及池鱼自不免，生中求死死应哉。

【案】 一九四一年十二月七日清晨，日本海军航空母舰舰载飞机和微型潜艇闪电突袭美国海军太平洋舰队在夏威夷的基地珍珠港，以及美国陆军和海军在瓦胡岛上的飞机场。太平洋战争由此爆发，何澄由是有此诗作。

兴农与亚农㈠

兴农与亚农，一字不相同。
既异东西籍，当然牛马风。
古书犹有误，新报岂全通。
何幸折腰事，人来替老翁。

㈠ 有何兴农者，南海籍，近任侨务委员，报载误兴农为亚农，明济疑问究竟，以诗答之，亦趣闻也。

民国三十一年十一月《大众》月刊创刊号

注释：

㊀原标题为『打油诗』。

【按】所谓『打油』，实则何澄的政治声明：一九四二年六月二十七日，广东南海籍人何兴农，出任汪伪国民政府侨务委员会委员。报纸在发表何兴农任此职务时，却把何兴农错为何亚农。何澄于是作此打油诗予以调侃——那个何兴农与我何亚农一东一西，风马牛不相及，我堂堂一个真山老人，从来没有向日伪政权低过头，折过腰，现在你们以一字之差发表出来，真者成了假的，假者成了真的，我也只能笑哈哈地说：『何幸折腰事，人来替老翁。』

一九四二年十一月，上海报界闻人钱芥尘，在白克路同春坊四十八号寓所编辑出版了颇为醒目的《大众》月刊。沦陷区不愿『落水』的文人已很久没有说话的地方了。他们除了要吃要喝，还需要有说话的地方。该杂志一创刊，便受到沦陷区一批靠卖文吃饭的文人的欢迎。

创刊号上有张恨水的《京尘影事》，包天笑的《拈花记》，程小青的《咖啡馆》长篇小说连载，有姚克的话剧剧本《清宫怨》连载，还有吕思勉、包天笑、徐卓呆、邓散木、潘予且、钱公侠、卢焚、郑逸梅等一批名家的散文随笔和杂谈，更推出『女作家特辑』。甫一出版，在积郁已久的沦陷区便成为一件文化大事。据《申报》一九四二年十一月八日『本埠』栏云：『当代硕彦钱须弥创办《大众》月刊，本月一日创刊后，不三日行销一空，本外埠经销处纷纷要求添书，即赶印再版，业于昨日出版发售。内容精彩，有口皆碑。』

在《大众》创刊号上，许多人都注意小说、剧作和词章名家，然而对何澄的三首打油诗却忽视了。钱芥尘虽在《发刊献辞》中标榜不谈政治，但所刊何澄的三首诗却首首都是谈论政治的。

无题

既恋娘家莫嫁人，嫁人暮楚岂朝秦[1]。
盛言解放胡施绑，大展欺迷为救贫。
乱世无奇原不有，一时见怪或非真。
恶因恶果前生孽，钓上痴儿正苦辛。

民国三十一年十一月《大众》月刊创刊号

注释：

①朝秦暮楚：［宋］晁补之《鸡肋集·北渚亭赋》：『托生理于四方，固朝秦而暮楚。』战国时，秦楚两大国对立，其他小国各视利益之所在，时而事秦，时而奉楚，变化无常。游说之士亦如此。后喻人反复无常。

【按】何澄用『朝秦暮楚』典故，讽刺周佛海时而与重庆方面暗通，时而又与日寇明过，反复无常。无论你怎样拿不定主意，前生已种下恶因恶果的痴儿，到头来也是『苦辛』一场，绝不会有什么好结果。

克难坡①

斯人斯世近如何，莫测风云克难坡。

仕汉偏思亡汉室，连秦又欲倒秦戈。

阴柔无耻生存久，欺骗能圆过去多。
三晋萧条吉县甚，雄图何必要山河。

民国三十一年十一月《大众》月刊创刊号

注释：

㊀克难坡：原为山西吉县黄河壶口瀑布边上一个只有六户人家的小村庄，名南坡村。抗战时期，国民政府二战区司令长官阎锡山将司令部和山西省政府设在这里，改名为『克难坡』，意为『克国难』『克战时生活之难』。

【按】一九四一、四二年间，有传闻阎锡山与日本陆军省兵务局长田中隆吉有勾搭，并签订了『汾阳协议』。何澄闻此传言，对老朋友阎锡山也不客气，写下这首愤怒异常之作。其中，『仕汉偏思亡汉室，连秦又欲倒秦戈』句，把阎锡山与日本侵略军说不清道不明的关系一语点破：既然如此，『雄图何必要山河』呢？

哀蟋蟀

可哀可惜可怜虫，露冷秋深运要终。
盆底斗争鸣得意，圈中旋转力称雄。
只知好日方如火，那料微躯不任风！
修短全然由造化，何能苟活隐墙东。

民国三十一年十二月《大众》月刊第二期

【按】《哀蟋蟀》是借斗蟋蟀的娱乐活动，讽喻汉奸们就是蟋蟀。因为参加斗蟋蟀活动的蟋蟀多为雄性，寿命仅为百日左右，所以也叫『秋兴』。这些『蟋蟀』相互撕咬，战败的一方很少有『战死沙场』的时候，不是逃之夭夭，就是退出争斗。无论胜败哪一方，一过了『秋兴』期，所有争斗的蟋蟀都会一一死掉。

观挑滑车

滑车滚滚如财宝，引入峡中马怎收？
愈挑愈多心愈乱，难前难退势难休。
贪嗔一念伤千古，精锐三军葬九州。
既昧于人尤昧己，甘心情死快雠仇。

民国三十一年十二月《大众》月刊第二期

【按】 《挑滑车》，戏剧名，演述南宋初年，金兵侵犯江南，岳飞与金兀术会战，金兀术在险要处暗设铁叶滑车，阻击宋兵；高宠连续挑滑车的故事。暗讽日军陷入中国人民全面抗战的泥潭而不能自拔。此诗背景与中国军队三次长沙会战中的前两次有关。

第一次长沙会战是在一九三九年九、十月间开始的。其时汪伪正加紧与日寇勾结，准备于是年『双十节』，沐猴而冠，傀儡登场。敌以西尾寿造为对华派遣军总司令，板垣征四郎为参谋长，扬言攻略西安、宜昌、长沙、衡阳、北海，完成其所谓『板垣战线』，以求解决『中国事件』。不料，这一梦想才开始就破灭了。十月二日，国军反攻，至十月六日，完全恢复战前之态势，各路敌军死伤计四万人。

第二次长沙会战于一九四一年九月六日开始。敌军集结兵力达十万之众，由阿南惟几指挥。二十六日，敌军主力从正面直扑长沙。二十七日，敌伞兵一部窜入长沙城内，而我援军已先后赶至战场，反将敌层层包围。至十月三日，敌乃突围北窜。十月八日，始又恢复以前态势。

余北平寓内有黑犬于此次移居行李搬毕人将离居之时忽无疾而毙原拟将此犬赠给友人也饲此犬不过十年平时守夜尽职忠甚今则不肯去食二主义极矣使余能弗感叹以诗哀之

尔到吾家仅十年，冬寒夏热卧檐前。
窝头饲料原非厚，摇尾输忠真可怜！
宁死不甘依二主，为生似厌过三迁。由王大人胡同一移于真武庙，再移于石虎胡同，三移于百户庙。
如斯义气堪千古，乱世儿孙少有焉。

民国三十二年二月号《大众》月刊。

【按】　一九四二年，何澄到北平，把从『真山园』搬出来的家具等物从百户庙亲友家清理一下，同时还想把『真山园』造好后一直饲养的一条黑犬送给友人。但就在行李搬毕，即将南归时，这条黑犬既不肯去伺候另一位主人，亦不愿去吃另一位主人的狗食，忽然自毙。何澄不禁联想起那些卖身投靠日本侵略者的汉奸走狗的丑恶嘴脸，这些伪类与自家饲养的这条『宁死不甘依二主』的黑犬相比，真可谓伪类不如狗。

得南北新出土翁仲数具

翁仲原无南北分，有泥有木有花纹。
六朝制造才收市，五代衣冠新出坟。
面目似真还是假，形骸虽殉未为勋！
任人排列埋荒穴，同死同生何足云。

民国三十二年三月号《大众》月刊

【案】 翁仲：阮翁仲。传说其人出生在南海，身高二丈三尺，被秦始皇任命为司隶校尉。平定六国之后，始皇派阮翁仲带兵镇守边关临洮，威震匈奴。死后，始皇命人按照他的样子铸造了一座铜像，铜像的腹中是空的，可以容纳数十人，立于咸阳宫司马门外，匈奴兵来犯时，秦兵钻到铜像里面用力摇动铜像，匈奴兵竟以为是真的阮翁仲，惊吓而退。后演变为帝王和达官贵人在陵墓前大多放置石像，这种石像即被称为石翁仲。另有一种玉翁仲，是以阮翁仲的身貌刻成的饰物，可随身携带，以为驱魔辟邪的利器。美国纽约大都会博物馆和加拿大昂他瑞奥博物馆皆有汉代玉翁仲收藏品。

一九四三年正月，何澄新收得南北新出土翁仲数具，面对这几具石人像，颇为感慨，作《哀翁仲》。刊发时，《大众》月刊主笔钱芥尘改题为《得南北新出土翁仲数具》。

何澄此诗借『翁仲』之说，对『六朝制造』『五代衣冠』的汪伪汉奸集团进行了辛辣的讽刺和无情的唾骂。

景耀月得何澄寄呈的这首诗，即作《得何亚农八兄翁仲诗感赋一首》：

览倪观化任推移，刍狗刍灵事可知，
芝谷谣歌人郑重，竹林游衍道清奇。
培风鹏背得千里，扑灯蛾黄又一时，
太平有象吾能俟，头白河清未是迟。

何澄读罢景耀月寄呈的《翁仲诗感赋》，意犹未尽，又作《再哀翁仲》一首，惜未刊出。

再哀翁仲

纵使天饶鬼不饶，果然在数竟难逃。

一经制造为翁仲，何惜装潢饰绯袍。
晚景犹须充葬器，永埋岂易免糟糕。
可怜浊世无羞恶，羡者纷纷两手搔。

哀逝者

祸害犹难把命长，冥诛㊀应悔事徒忙。
一身邪气生何用，两手横财死怎将？
行险安知哀末世，为非哪有好收场。
能逃国法忽忽毙，总算皇天待尔良。

民国三十二年五月号《大众》月刊

注释：

㊀冥诛：阴间受到惩治。

即事有感

数点微尘世界成，人焉不比一尘轻。
胡为自弃趋同死，偏欲相残苦众生。
事业无非竟大恶，功名乃是长虚荣。
鸡争狗斗桑田里，扰扰鱼虾沧海更。

几千世界几千年，玄妙难明此地天。
佛说纵然空不见，人为究竟值多钱？

移山破海技诚巧，驾雾穿云身似仙。
上下翻腾徒作恶，谁真逃出地球盘。

癸未春日真山诗草

民国三十二年六月号《大众》月刊

哀扑灯蛾㈠

在数难逃语信然，扑灯迈进任油煎！
但知火是光明路，哪晓焚身正目前？

民国三十二年七月号《大众》月刊

注释：

㊀灯蛾扑火：《梁书·倒溉传》：『如飞蛾之赴火，岂焚身之可吝。』惹火烧身、引火烧身之意，喻自己找死。扑灯蛾：语出《四游记·吉芝陀圣母在肖家庄》：『我自思不免摇身一变，变做一个扑灯蛾。』

【按】　何澄的侄孙儿何春畬看到《哀扑灯蛾》，即作一首《恭和八叔祖咏扑灯蛾诗》：

一点萤光入眼来，忽忽飞去又飞回。
燃眉岂悔趋炎猛，灼翅方知蹈火灾。
辗转有依何所怨，屈伸无力实堪哀！
只缘错认辉煌路，俄顷微躯化碧灰。

何澄吟罢侄孙的和诗，又用何春畬原韵作《再咏扑灯蛾》，对『灯蛾扑火，惹焰烧身』的大小汉奸进行了『围剿』。

用侄孙春畲韵再咏扑灯蛾

纷纷振翅乱飞来，小扇频挥逐不回。
直扑灯光思近火，欲沾油水忘罹灾。
于情速避方为善，在数难逃岂足哀？
枉使天生微性命，看他转瞬化烟灰。

答客问

既云合伙同营业，业务盈亏应共当。
甲已显然伤血本，乙何能以善收场？

不将往事从头改，或恐前途依旧僵。
苦口数年曾告尔，至今我亦少良方。

民国三十二年七月号《大众》月刊

【案】客者不详。从诗中可以看出，投身汪伪政权的两者都曾是何澄的朋友。当年何澄规劝过他们，但不听。一旦入错门，两人又你争我斗。当他们来找何澄诉苦时，何澄给他们开出的良方是：早日从汪伪政权里脱离出来才有活路。

赠王叔鲁㊀

健在期间没世评，老兄似欠自知明。

有心救国谈何易，无意殃民罪尚轻。
遗臭当然×氏让，流芳不必×君争㊂。
全球浩劫人微末，博士油诗岂足惊！

附：王克敏步亚农韵

博士亚农先生有打油博士之称居然有好评，交深情重语分明。
清闲实是三生幸，饥溺何如一死轻。
笑问鸡虫谁得失，坐观鹬蚌自纷争。
七旬岁月行将至，半夜烽烟总不惊。

民国三十二年八月号《大众》月刊

民国三十二年十一月号《大众》月刊

注释：

㊀王叔鲁：即王克敏（一八七三—一九四五），字叔鲁，浙江杭县人。清光绪二十九年（一九〇三年）中举。由清廷派赴日本，历任浙江留日学生监督、驻日公使馆参赞。一九〇七年回国，任职于清廷度支部、外务部。民国成立后，远游法国，结识法国金融界人士，回国任中法实业银行中方总经理，从此进入中国银行界。一九一七年，任中国银行总裁；同年十二月，出任王士珍内阁财政总长，以善理财而在其后的段祺瑞、高凌霨、孙宝琦、顾维钧、颜惠庆、胡惟德内阁出任财政总长。一九二四年十月，冯玉祥、黄郛发动『首都革命』被通缉，逃往日本。一九二八年五月，被南京国民政府以『把持财政，植党营私，接济逆军，延长祸乱』的罪名通缉，逃往大连。一九三三年五月，任国民政府行政院驻平政务整理委员会财务主任。一九三五年十二月，任宋哲元执掌的冀察政务委员会经济委员会主席。抗战爆发后，很快投敌。一九三七年十二月十四日，伪中华民国临时政府成立，任五位常务委员之首，并抓住了行使主要权利的行政委员会委员长和行政部总长两职（另有一说，抗日战争初期，王克敏出任华北日伪政权伪职，

系宋子文指派出来应付的）。一九四〇年三月三十日，就任伪华北政务委员会委员长，同年六月由王揖唐接任。一九四三年七月，复任伪华北政务委员会委员长。一九四五年十二月五日，在北平兵马司胡同一号汪公馆被戴笠逮捕。一九四五年十二月二十五日死亡。

㈡×：为编者刊发时隐去一字。

【按】何澄此诗因系公开刊发，王克敏不得不以诗答复：我也就是这样了，你们骂我死心塌地也好，重蹈故伎也罢，我一个快七十岁的人了，还有什么怕的呢？任凭你们怎么骂，该睡的时候，我也会睡得香香的。

无题二首

一

春满人间桃色鲜，毫无偏见井中天。
不泥小节偷安日，欲赏风流在盛年。
忍气吞声奴味咽，无情有泪醋汤煎。
恼人黄脸思争艳，短景犹多云雨烟。

二

可笑年年艳事传，江山不爱爱婵娟。
高官酒色英雄似，浪子荒唐帷薄穿。

风雨满城谈掩耳，声名坠地论离缘。

排除万难甘情死，目的原来纵欲焉。

民国三十二年八月号《大众》月刊

【按】　一九四一年五月，李士群、吴四宝以给周佛海岳母祝寿为名，请周佛海到伪特工总部『七十六』号看京戏。前来演出的『筱玲红』（本名吴棣芳）被周佛海看上，从此之后屡屡深夜不归。事被周佛海夫人杨淑慧发现，派出自己的『特工』跟踪周佛海。吴四宝新居、卢英的『楚园』和伪财政部驻沪专员公署、伪上海复兴银行总经理孙曜东的家里，都是周佛海和筱玲红幽会处。杨淑慧每得线报，都急急赶去捉奸，但每每扑空。有鉴于此，杨淑慧买通了周佛海的亲信，很快摸清其行踪。一九四二年四月十一日，在孙曜东豪宅中，杨淑慧带领的一群『女将』一哄而上，把周佛海和筱玲红捉奸在床。孙曜东赶来『救驾』，被杨淑慧让人拎着马桶，把粪汁倒了一身。周佛海见状只想息事宁人，于是当面立下字据，表示与筱玲红一刀两断。这样，悍妇杨淑慧才出了一口气，筱玲红也暂时得以脱身。周佛海这桩艳事不但在上海哄传，还惊动了汪精卫等一干人，纷纷劝周佛海妥善处理『感情纠纷』。一九四二年九月十日，与周佛海分居多时的杨淑慧，突然通知周佛海到杨家吃晚饭。周佛海来了之后才知道，是杨淑慧主动让筱玲红拜她妈为义母，她自己则已和筱玲红结为姊妹。是日，周佛海在日记中记下：『晚赴杨宅宴会，因淑慧建议吴棣芳拜杨老太太为义母也；饮酒甚多，一时半始返。白云苍狗，变幻无常，一切惟有听其自然而已。』两天后，筱玲红来与周佛海告别，说要回老家。周佛海才恍然大悟，因此写下：『棣芳回家，相见恐无期也。』何澄《无题两首》，即是以周佛海这桩艳事为内容而『打油』的。

杂咏

贪痴弄巧拙无伦，至死犹思欺路人。
道义空言原是假，野蛮劣性本难真。
只馀贱种甘为伥，岂料遗民敢逆鳞！
八月秋风吹指际，且看落叶满江滨。

民国三十二年九月号《大众》月刊

有感

老子无为何所疑，而今事足证明之。

不争胜过争难胜，转变奇于变得奇。
早肯回头天地广，先能罢手国家宜。
古人教训非迂阔，痛苦方休似已迟。

民国三十二年十二月号《大众》月刊

无题二首

可怜缺席判分明，降等拟刑总算轻。
后果三思惟有死，前途四顾哪能生？
应知致败非人过，殷欲求全在气平！
孤注疯狂甘一掷，徒教仁者少同情。

恼羞成怒智偏昏，德力无多妄自尊！
只以存心贪货利，每因好事损基根。
犬灵宝鼎虽能舔，鱼小舟长岂易吞？
至死犹为非分想，神仙哪有自鸡豚。

民国三十三年二月号《大众》月刊

【案】　此为讽刺李士群之作。

李士群（一九〇五—一九四三），浙江遂昌县人。一九二四年考入上海美术专科学校。一九二六年转入国共合作创办的上海大学，经同学方木仁介绍，加入中国共产党。一九二七年四月，由上海地下党组织派往苏联莫林科东方大学学习。不久，被选入名为苏联特种警察学校，实为苏军总参谋部情报总局的亚洲情报学校接受专门的特工训练，成为一名以苏军为第一效忠对象的『红色特工』。一九二八年，学成回国，进入中共中央直属的中央特别行动科（俗称特科）总部第一科。一九三二年在上海被中统逮捕，随即参加南京特工组织。一九三八年，以中统中尉情报员身份投奔日方，为日本驻香港领事馆搞情报。一九三九年五月，组建了伪特工总部『七十六号』，成为多重身份间谍，汪伪政权即以他的班底扩展为伪警政部。一九四一年八月，汪伪警政部与内政部合并，成立调查统计部，李任部长。一九四三年出任肥缺——伪江苏省政府主席。因独揽江苏税收，不但引起周佛海的不满，也给汪伪集团内部倾轧制造了间隙。一直对李士群心怀不满的几员悍将，趁机与日本驻上海宪兵司令部特高课长冈村密谋整死李士群。同年九月六日，冈村以说合李士群和伪税警总团副团长熊剑东之间的矛盾为由，在上海宴请李士群时下了毒药，三天后毙命于苏州。李士群被日本人毒死之事，不胫而走，大小汉奸，噤若寒蝉，生怕下一个也轮到自己头上。

即事二首

富而不仁

冰天雪地繁华夜，酒绿灯红路毙人。
一日万钱无箸下，全家八口绝粮频。
甘将厚货交新×[一]，忍看平民到赤贫，
只顾本身恣兽欲，心中哪有半些仁。

老而不死

可怜已近墓中人，犹自卑污便卖身，
趋热虫忙几忘老，怕闲鬼混乱求神。

争先插足头头入，恐后折腰处处亲，
不死徒教腥臭大，朽衰应早葬荆榛。

民国三十三年五月号《大众》月刊

注释：

㈠×：为编者刊发时隐去一字。

哀赌客

孤注胡为一掷轻，如斯豪博实堪惊！
百年祖业甘销尽，两手横财渐送清。
运气不佳应罢手，赌场能退或留情，

贪痴硬欲争难胜，输到全盘悔更生。

民国三十三年五月号《大众》月刊

【按】一九四三年一月，汪伪汉奸集团对英美『宣战』。同年十一月，又伙同伪满洲国和泰国、缅甸、菲律宾等国伪政府与日本签订《大东亚共同宣言》，为日本建立『大东亚共荣圈』摇旗呐喊。何澄认为其行为与赌徒无异，遂『哀』以诗。

军华集

旅顺要塞战之研究

旅顺者，我国之土地也；甲午之役被夺于日，旋归于俄。日俄之战，从俄手中又被攫于日，因此片土流血数万。彼二国均不惜重要生命而为之者，无他，思以此重要地点而为将来侵入吾满洲之根据地也。此地实为吾渤海之咽喉，东亚之无上良好海军港。其重要，其价值，世人无不知之，尤为吾人所当痛惜。凡为我中国军人，更不可不了然其形势，研究其要塞组织之方法。斯篇乃详述其要塞配备，及日俄当时攻守战要塞之情形，并澄平日研究所得者，略附于后。虽未敢谓其尽当，然或足为吾军界研究此要塞之材料也。

灵石何澄识

第一章　绪言

夫自西历千八百七十八年俄土攻战守以来，此三十年间兵器筑城，发达进步，一日千里，而促要塞战术之变化，尤足使学者惊骇莫测。然，凡事未经实际之试验，终有怀疑之处。光绪甲辰，日俄两国因满韩问题，忽破世界之和平，开战端于东亚，演旅顺要塞战于列强环视之中。凡晚近数十年军事家所研究之崭新战术，均不惜鲜血生命而试验之，不啻为后人特垂有益之教训也。旅顺要塞自归俄后，纯以最新式理想的筑城，最精利的兵器而设置配备之。且担任此项攻守者，又皆以古今无比之精锐士卒，亘半载余之长日月，凡状况所许，于己有利，莫不尽百方之手假而图之，故其足为讲求要塞战法、筑城术之材料者颇不少。今吾人得逢此千载一时之机会，岂非无量之幸福哉。

第二章　旅顺要塞之状态

其一　占领旅顺并政略及战略上之价值

俄国欲发展其势力于极东也，遂于千八百九十八年以其狡猾外交手段，假租借之名义，横暴之举动，不费一钱，不发一矢，将我屏藩东北之关东半岛，金城汤池之旅顺要塞轻轻而落于其手。俄国视之重于海参崴，而旅顺口之身价，亦因是而忽增十倍，竟为东亚之要点矣。盖此旅顺口，不仅为关东半岛之势力中心点，且实足为夺略满洲之立脚地也。尤足动人视听者，太平洋西岸之有数不冻海军港，而为俄人据为根据地矣。

吾回想当日俄国之占据我旅顺口也，实在光绪乙未年西历三月二十八日。斯日，俄人依舰队之掩护，以最薄弱之步队二营、炮队一队(六门)，由本港上陆。吾国守斯要塞之统兵大员，乃无谋无学之人，遂仓皇失措，率步马炮数十营，退驻营口。俄人乃确实受领此丰满体物。其后更渐次增加其兵力，以守备旅顺及关东半岛各紧要之处。当时其军队驻屯之配备如左：

旅顺
- 狙击步队　四队
- 要塞炮队　六队
- 对壕兵　一队
- 野战炮队　二队
- 马队　一队

大连湾
- 狙击步队 四队
- 野战炮队 一队
- 马队 二队

貔子窝
- 马队 一队

其二 旅顺筑城全般之计划

俄国夺取我关东半岛后，即先着手旅顺之筑城计划于大彼得堡，由各种官吏而组织一委员会于陆军部，而为筹划防御旅顺之策。非畏我中国思恢复也，畏东邻日本之垂涎，欲报复其强迫退还辽东半岛之仇也。然，终以政治家之眼光短小，专顾虑财政上之困难，而将陆军部所提出之原案大加限制，不过仅许致力关于筑城一般基础而已。故俄人至今言之，犹有余憾。兹略述其要旨如左：

对于敌舰队之攻击，须十分掩护港之入口及两侧海岸也。故以此等要求顾虑，而于所得想象之敌国舰队势力，当炮战之际，而能得十分胜力为基础。其所计划，配置于海正面之炮种及炮数概略如左：

十吋（二十五生的）	加农	二十二尊
六吋（十五生的）	坎减式加农	三十六尊
十一吋（二十八生的）	臼炮	十尊
九吋（二十三生的）	臼炮	四十尊
小口径	加农	三十六尊

合计　共百四十四尊（其后减为百二十四尊）

于陆正面之防御计划，先认为必要者三件，如次：

一、海陆两正面之防御须联络一气，而成为一防御线。

二、适合于地形。

三、适当应用守兵之数。

由财政上之关系，故陆正面之防御线务求缩短，计共全长以二十启罗㈠为限，炮数以二百乃至二百五十尊为限，守兵以当时所驻屯于关东半岛之一万一千三百人为限。此为圣彼得堡委员会之决议，而交付于陆军部大臣古罗巴多金㈡将军者也。该大臣更就关于旅顺筑城计划，而下左之训示：

一、于防御线之前方，虽有瞰制此高地者，然不足为惧。

二、扩张防御线，而使兵力分散，最为危险。

三、地形上之缺点，由防御设备之坚固而补救之。

其三　防御线之决定

旅顺口群峰环抱，港水深广，严冬不冻，烈风不扬，诚舰队良好之碇泊场也。俄人据之，欲为其太平洋舰队之唯一根据地。举凡沿海岸之筑城，莫不极力经营，故其防御线，西自虎半岛之西端，经黄金山及其东方之丘阜，东亘崂嵂咀高地而建设多数之炮台，以确实掩护东西二港。更设炮台群于崂嵂咀高地，为海陆两正面之联络点，俄人以西港南方一带高地凋面成之为半岛，称为虎半岛，以港之入口西方之平坦细部面，称为虎尾半岛，俨然最坚固之长城也。

夫就陆正面之防御线论之，地带既广，设备尤难，故于开委员会时政界与军界颇多争辩，然终以财政上之关系，而与以守兵一万一千三百之限制，遂不得已，缩短其防御线之长，而择定自崂嵂咀高地，经二龙山、松树山、椅子山、大阳沟高地，及沈家沟高地，互于白狼山附近之线为陆正面。计共全长为二十二启罗米达㊂。然此防御线不仅与市街接近，且于东北及西北各正面前方之近距离内，有敌人炮队之良好阵地。盖敌人据此阵地，不仅可以射击市街及港内，且可射击正面之堡垒侧背。此等缺点既经发觉，又不得不思补救之术，故将第一次所计划者完成后，更于前方设第二之防御线焉。

第二防御线乃于东北正面前之大孤山上，西正面前之水师营西南高地上，海鼠山一七四高地及二百零三之高地西方山背等处设置之。又于旧市街及淡水池之周围，设以中央围廊。此围廊自白玉山之西北部起，经市街之北方及东方互于模珠礁之高地，而欲坚固守备此要塞，遂配备火炮五百四十一尊(其中以六十四尊为预备)及机关炮四十尊于其间矣。

其四　海陆正面筑城计划之细部

注意：（堡垒炮台等名称多用俄国旧称，其括弧内者为日本攻旅顺时所定之名。）

甲　海正面

海正面共以二十一个炮台而构成炮台群三，独立炮台一。

一　虎半岛炮台群　　炮台十　　炮五十七

第一　野战炮台（城头山炮台）　　野炮四

第二　虎头炮台（城头山炮台）　　十五生的『坎减』炮五

第三	阶段炮台	馆头山炮台	野炮四	
第四	西虎炮台		二十三生的臼炮八	五十七密炮二
第五	中央虎炮台		二十五生的加农五	五十七密炮二
第六	大虎炮台	（鸡冠山炮台）	二十八生的臼炮四	
第七			二十三生的臼炮八	
第八	东虎炮台	（在馒头山与蟹子营中间）	二十三生的加农六	五十七密炮二
第九	远距离炮台（蟹子营炮台）		十五生的『坎减』炮	五
第十	灯台炮台		五十七密炮	二

此正面所备之大中口径炮，足以射击正面之海面。又自第一、二炮台得远射鸠湾之沿岸，并陆正面之背面。其所配备之轻炮，为近接防御之用。但第一、三炮台专备射击虎半岛地峡部之上陆点。第十炮台，当港之侧防及为防

御水雷艇之用。

二　黄金山炮台群　炮台七　炮三十六

第十一　炮兵市街炮台(黄金山西麓炮台)　五十密炮　二

第十二　黄金山炮台　二十八生的臼炮六　五十七密炮　二

第十三　黄金山炮台(黄金山前侧面小炮台)　五十七密炮　二

第十四　电气岩炮台(黄金山低炮台)　二十五生的加农　二

五十七密炮　二

第十五　阵营炮台(模珠樵新炮台)　十五生的『坎减』炮　五

第十六　掩护炮台(模珠樵旧炮台)　二十三生的加农　六

五十七密炮　二

第十七　平定前山炮台(山顶崴炮台)　野炮　四

此正面所配备之大中口径炮，足可射击正面之海面，且得射击北西之陆正面堡垒之背面。第十四炮台，尤可侧防虎半岛之死角。第十七炮台，足可侧防电气岩下之海岸。

三　十字山炮台群　炮台四　炮　二十七

第十八　北十字山炮台（白银山炮台）　十五生的『坎减』炮　五

第十九　中央十字山炮台（崂嵂咀炮台）　二十三生的臼炮　五

五十七密炮　二

第二十　南十字山炮台（崂嵂咀低炮台）　二十三生的臼炮　六

五十七密炮　二

第二十一　东十字山炮台（崂嵂咀新低炮台）　二十三生的臼炮　五

五十七密炮　二

此炮台群之重要任务在射击附近一带之海面及盐厂湾。

第二十二　炮台　射击东港入口

其独立之中央炮台（白玉山），配有十五生的加农四尊，专射击港之入口，并西港及陆正面之背面。

乙　陆正面

陆正面者，盖以所述之第一、第二防御线并中央复廓而组成之。其第一防御线，分为东北正面、北正面、西正面三防御地区。列述如下：

东北正面（全长五启罗，垒壁守兵二队，战炮十五生的加农十八，自卫炮、野炮二十八及机关炮四，壕之侧防五十七密炮六，机关炮八）

第一分派堡（白银山）　十五生的加农　四

第一中间堡（白银山上）（俄人称之曰危险山）　炮数未详

第二中间堡（东鸡冠山东南炮台）　炮数未详

（一）永久炮台（白银山北炮台）　十五生的加农　六　野炮二

（二）永久炮台（东鸡冠山炮台）　十五生的加农　四　野炮四

独立侧防堡（白银山小炮台）　十五生的加农　四　野炮四

背面堡垒（一九二之高地上）（俄人称为大山）　炮数未详

兵备炮台　三个

北正面（全长五启罗，垒壁守兵四队半，炮战十五生的加农六，自卫炮、野炮三十六，壕之侧防五十七密炮二十四）

第二分派堡（东鸡冠山北炮台）　未详

第三分派堡（二龙山炮台）　十五生的加农　六

鹫巢山中间堡（望名炮台）　十五生的加农　二

第三中间堡（松树山炮台）　未详

第一第二角面堡（东西盘龙山炮台）　未详

兵备炮台　七个

西正面（全长十一启罗半，垒壁守兵六队，战炮十五生的加农三十，自卫炮、野炮六十一，壕之侧防五十七密炮二十八）

第四分派堡（椅子山炮台）　未详

第五分派堡（大阳沟炮台）　未详

第六分派堡（潘家沟西北之炮台）　未详

第四中间堡（大案子炮台）　十五生的加农　八

第五中间堡（鸭湖咀炮台）　未详

第三角面堡		未详
第四角面堡		未详
眼镜堡		未详
(三、四)永久炮台	十五生的加农	十
(五)永久炮台	十五生的加农	六
盐炮台	十五生的加农	六
兵备炮台	七个	

第二防御线未详。

于东北正面前大孤山上设置一堡垒，备轻炮六尊，专对大孤山之谷地及北正面前之全谷地，为射击之用。

于西北面前设第七分派堡，于西水师营西方高地(标高九十三)上，侧防二龙山、松树山之前方及旅顺街道近傍之死角等地域。

又设第八分派堡于二百零三高地之西方山背上，而射击鸠湾方面一带之低地。更设偶山中间堡于一七四高地，E 永久炮台于『那妈阔』山东部，前进炮台于七四高之西南山背等处。此外尚设七个之兵备炮台于此地区内。

于西正面前第二线堡垒及炮台而配备炮战炮十生的七，加农十尊，十五生的加农八尊，自卫炮、野炮二十四尊，机关炮四尊，并为壕之侧防而备五十七密炮二十六尊。

中央复廓全长七启罗半。

中央复廓以胸壁并外壕之连续者而构成之。于其突出部及切断部则设有一二眼镜堡及四个闭锁角面堡。

其配备于此复廓炮数为轻炮二十四尊，十生的七加农四尊(以上者设于角面堡内)，机关炮二十四尊而已。

以上筑城诸计划，乃于西历千九百年正月得俄帝之允准，并于预算经费总额内而增俄金一千五百万罗卜[四]，为经营旅顺口之用。故于筑城之外，复扩张经营军港之一切设备。类如西港全部而掘深之，西入口而掘开之，于东西入口前方设以突堤。其他如建造场，兵器制造所，乾船渠，均不遗余力而为之。举凡军港一切应行者，无不勉力速行，惟恐不及。惜事业既繁，时间不足，于日俄战役开始之际，尚未能全数完成，其影响于攻守者故甚大也。其详当述于(一)条。

其五 开战当时筑城进步之状及开战后之兵备

一 开战当时筑城工事之状态

旅顺之筑城工事，自西历千八百九十八年着手后，原预定千九百三年全数完成之，后竟以财政困难之，故妨碍其作业之进步者不少。故虽至千九百四年开战之际，尚多缺点。兹调查当日海陆两正面之工事状态如左：

（甲）海正面

俄人以偏重海正面之防御也，故于海正面独比他方面工事进步较为迅速。兹列记如左，试比较观之可也。

其永久炮台完成者为第二、第六、第七、第九、第十三、第十五、第十六、第十九、第二十一等是也。其假备的炮台完成者为第一、第三、第四、第五、第十二、第十四、第十七、第十八、第二十等是也。其全未着手者为第八、第十、第十一、第二十二等是也。

又于开战后始着手而新设者为：

炮兵炮台（入口之东侧）　十五生的加农六　五十七密炮二

虎尾炮台（威远炮台）　十五生的加农　四

长白炮炮台　（第二十炮台与第二十一炮台之中间）
二十三生的臼炮十　五十七密炮　二

（乙）陆正面（自东北正面向西正面顺次言之）

第一分派堡　除咽喉部外大体完成

侧防堡垒　改造旧支那堡而有备炮程度的工事

第一中间堡　假备的完成

（一）永久炮台　完成

第二中间堡　假备的完成

（五）永久炮台　完成

背面堡（一九二高地）　以临时筑城为之

第二分派（北炮台）　概略完成

鹫巢山中间堡（望台）　改造旧支那堡，有防御程度

第一第二角面堡（东西盘山）

第三分派堡（二龙山）　概略完成

第三中间堡（松树山）　『别顿』部及胸墙外壕已完成，咽喉部尚未完成

第四分派堡（椅子山）　完成

（三）永久炮台 ⎤
（四）永久炮台 ⎦（小案子山）　完成　假备的完成

第四中间堡（大案子山）　完成

第五分派堡（北大阳沟）　山顶之截断及胸墙外壕之一部完成

（二）永久炮台（南大阳沟）　大概完成惟三掩蔽部之穹阳未完成

第五中间堡（鸭湖嘴）　完成

眼镜堡（大阳沟北方高地上）　未着手

第三角面堡　未着手

第六分派堡（潘家沟西北高地）　仅着手开掘

第四角面堡（白狼山）　未着手

进陈地 第二线前（大孤山堡垒）（第七分派堡）　未着手

同（五）　永久炮台（海鼠山）、偶山中间堡、第八分派堡、前进炮台　未着手

旧市街周围之围廓全行完成

除以上者拟计划设置弹药库七个外，其完成者为左之四个：

第一弹药库　港之入口东方（海岸炮台用）

第二弹药库　东鸡冠山炮台南方谷地

第四弹药库　小案子山南方谷地

第七弹药库　或曰在第六分派堡之后方，或曰在虎半岛，不甚明白

综合以上而列表如下：

构筑物之种类	计划	完成	概略完成	大部完成	仅着手	假备的急造	由旧支那堡改造者	未着手
永久分派堡	八	一	二	一	二			二
半永久堡	九	二		一		三	一	二
假备的堡垒	九	其中一个属于围廊四					二	三
永久的炮台及侧防堡	九	四		一			一	一
海岸炮台	二三	七	二			九		
围廊假备的	一	一						
兵备炮台								全部
弹药库	七	四						三

右工事之外，凡要塞内之环状及光线行之道路均全部完成。其坚固之程度，虽降暴雨、大雪亦难破损。至于第二线道路，于开战前既经着手，至开战后始行完成。注意：俄国区分筑城之种类为四：曰永久，曰半永久，曰假备，曰野战。其半永久筑城与假备筑城之区别，于时间上，甲须费数个月，而乙不过数星期而已。于构筑法上，甲用『别顿』，而乙不过以诸种之应用材料为之而已。（未完）

《军华》杂志第一、二、三册　一九一一年第七、八、九月

注释：

㈠启罗：外来度量衡单位，俄语 кило，英文 kilo：千克，公斤。

㈡古罗巴多金：现译名克鲁巴特金。

㊂启罗米达：外来度量衡单位，俄语 километр，英文 Kilometre：千米，公里。

㊃罗卜：即卢布。

野战筑城讲义

……胸墙乃其内部，然不幸徒蒙莫大之损害，其目的终未得达。不得已，更于胸墙之下利用坑道而继续地战斗。千辛万苦，而从事于长日月之困难作业，始由坑道之爆发而占领胸墙，进入内部，夺略堡垒，其后逐次三遂占领堡垒，盖均由斯法而成功也。噫夫！以吾人视之久宜废弃之法，乃不意复现于今世，且大有功于军界，为日军之攻城事业中最重要之功劳。更有一种意外现象而映于吾人之眼目者：斜堤之上，外壕之中，胸墙之上，堡垒之中，亘长日月而行无上之惨毒格斗。抑是何原因耶？非由于炮队效之微弱之所致乎？至炮队效力之微弱，又是何原因耶？此点又吾人最不易研究之问题也。然约言之，其故有三：一、吾人于今日未免信新式火炮之威力太过；二、日军不详知旅顺堡垒坚固程度，妄疑其薄弱；三、在旅顺之日军炮队兵力实属微少。其他如炮种、炮数、弹数等等不充足及炮队战斗法之欠良好，亦有莫大关系。但以吾人之绵密精细调查研究，日本攻城炮队所有之炮种、炮数、弹药并效力及射击术，虽当无何等缺点，而其兵力上似嫌薄弱耳。更列举事实以明之。

夫旅顺筑城之抵抗力，其能如现今欧洲各国之新式要塞与否，姑不必论，至于日军之攻城炮力，其不足准备冲锋，实世人所共认者也。由此观之，将来要塞之攻击，非多备大口径曲射炮不为功矣。将来之要塞战，非由正攻的近接战（对壕坑道），殆难奏效矣。世人若仍过信新式重炮之威力，足为攻城之利器，则定遭诸障碍无疑（例如，何等目标宜用何等炮种势难预料），势必至于束手无策、徒唤要塞难陷而后已，于作战上毫无利益也。

近来，德国学者于此点亦极力唱导，谓无论野战、要塞战，步队均宜不待炮火效力之发扬而即行冲锋，盖以炮火之力不足恃也。吾人于旅顺之攻城经验，其凡距占领斜堤壕内，并胸墙等之使用对壕及坑道之作业，共认其为必要之图，吾人嗣后于此点岂可忽之哉！

由『步队操典』，吾之改正上观之，其依赖炮队之效力，必更觉一层薄弱矣。其操典谓：凡于彼我炮战之间，其步队前进不已者，为使敌之军队暴露于我炮火之下也。又曰：步队之不顾损害而前进者，为其友军炮队得良好之目标也。又曰：步队每不待彼我炮战之结局，而由一般情况上即行移攻击之前进，盖欲使敌之大部队出而应战，更足为吾炮队之目标也。夫以上各条而细味之，其对于步队攻击前进之时机及信赖炮队之效力，岂非来一大变化乎？

总而言之，军队之动作在协同一致。如步队而专待炮队之奏效始行前进，倘炮队终不奏效，则步队终不前进耶？又，炮队不援助步队，使步队而陷于敌之步队、炮队两火力之下，步队又何能为友军炮队致有利于之目标耶？盖互相连系方得成功，单独运动定难为力也。

其四　防御炮队之战斗法

夫于守城初期以全部炮战炮队而配置于阵地，则将攻击炮队各个而击破之，致使其不得增大其势力者，虽为防御炮队之系要义务，要塞守备之未一要件，然俄军于攻击炮队之势力即占优胜后，犹不知少进而当继续炮战，以牺牲其最终之能而不顾将来之时机，为节约兵力计者，为吾人所不能也。且防御炮队之主要目的，不在炮战，而在永久维持要塞之命脉也，故防御炮队常参与近接战斗而发扬其效力也。我国今日炮科官长仅注意炮战而欲以近接防御全委于步队担负之，实为莫大谬误者也。

以上为德国学者所评论，日人亦颇表同意。吾人研究之亦冾，以德人所论为可取。盖防御炮队之目的，在参与近接战斗，维持要塞最终之命脉。若于远战时而先牺牲之，则与近战时反无能力，岂非背防御炮队之战斗原则乎？故俄人所为，不仅于实际上而无利益，于原则上亦有背违矣。

其五　越步队头上射击

夫于旅顺攻城时日军屡于攻击步队，既达于敌之近距离后尚行炮击，甚至步队突入敌弥之际，犹为不已。欧洲学者初就此点颇论其非，近则渐表同意矣。其非之者曰：日本军于实施冲锋时，其炮队之射击无至步队与敌格斗之顷，尚偿行之，毫不虑顾其友军之损害也。据土人云：日军每于其冲锋前，使各兵卒服征露，凡以迷其心故。行此狂暴无道之战斗，而不自觉其惨也。夫如此等残忍战斗法，为世界各国所无有之，自日本军始。

其表同意者曰：日本军于其欲冲锋堡垒也，则每于冲锋班队既达于最近距离或越堤或入外壕内，犹使炮队越其头上为猛烈射击……

手稿残存之四十六—五十页

中国大接济①编制之研究

我国大接济之编制，南北地势不同，因之今日尚无规定。故每当大演习之际，临时编制，用驮马者有之，用车辆者有之，乱杂不可名状，利害无可研究。今秋近畿各镇及禁卫军将行大操[三]于滦州附近。夫各国不惜巨费而举行是典者，其目的有数。今我国举行此事，必不在悦外宾。劳兵力，耗巨款，而必以研求军队之运用，观察筹备之完否为目的地也。然大接济之编制善否，实足左右军队运用之灵拙。兹就学理上而讨求其编制之利害得失，愿我军人及陆军当局者，于此少留意焉。

大接济之编制，使用驮马与使用车辆，其关于诸种状况上，虽无绝对的利害，然有比较的得失。如欲知比较的得失，则不可不知比较的利害也。其使用驮马编制大接济，其利有五：

一、妨害军队运动之自由者少。

二、行军比较容易（如南方道路）。

三、被限制于道路者少。

四、少破损落失之害，且补充比较容易。

五、容易收得掩蔽之利。

其害有五：

一、行军长径大。

二、指挥统御困难。

三、使用人马之数较多。

四、当集合及休憩之际，休养马匹困难。

五、积载不规则物品颇为困难。

其使用车辆编制之大接济，与使用驮马编制者其利害得失概相反，更一一比较详论之，其利害得失则益明。

夫以接济妨害军队运动之自由，每使诸指挥官不得不周到注意，加以绵密计划。而运用其军队，其驮马编制者，既不能缺此害矣。设以车辆而编制大接济，其妨害军队运动之自由，比之驮马，其困难不尤甚耶。故当撰定集合地及军队之开进时，往往驮马集合相宜之地，以之集合车辆则不便。且驮马比车辆运动轻捷，欲同时与所属部队集合于一地，或易行之。而车辆运动，既远不如驮马之轻捷，偶遇障碍难路，即不能容易通过，势必延误集合之时间。甚或无适宜集合之地，致使指挥官脑中不能不顾虑集合地之选定，而生诸般困难之感也。且关于开进也，按野外勤务书所规定者，凡于长时间之休憩，及行军路狭，更于他队通行之方向道路，接济须避于路旁，使军队得适宜之开进，故往往以接济运动之不灵，致使开进多生困难，冗费时间，迟滞其战斗部队之行进。其于平坦地，大接济固可于道路外而开进，然于山地则舍道路无开进之途。设以驮马而编制大接济，固不能绝此困难，然而较用车辆，则利过于害也。今我国南北地势不同，于北方平坦大陆之区，用车辆或便于用驮马。然每遇阴雨，道路泥泞，运动之困难，实不弱于山地。且我国既无军路，苟用此重大车辆行动其间，势必道路为其损坏，更使他队行军不便，其害仍过于利也。至驮马则无论山地平地确无此等顾虑，此等困难实胜于车辆远甚。

至就行军上而讨论之，其驮马之利益约有四端：（一）分进容易；（二）给养迅速；（三）险恶泥泞之道路，惟驮马易于通过；（四）战斗之时期愈长，愈觉驮马之必要。然，更综以上四者而细论之，诸队大接济，自受领分进命令后，其向所属部队之宿营地行进时，往往多在夜间，然所属队每望其早一刻之速来也。故大接济不得不尽全力而向所属队之所在地急行。然其急行之法，在于无误道路而选捷径。然由捷径则势必越山渡河，穿森林，通细径，以完其任务。设以车辆则于二米远以下之狭路，八分之一以上之坡路，即难通过。其于森林河川，岂不更困难耶。纵使临时施种种补助法，勉强达其目的，然迟误时期，势所不免。故每于不得捷径直路之时，不得不从事迂回而耗费时刻。如此，不但增大接济人马之疲劳，转足迟延战斗部队之给养，其影响于士卒之志气上，恢复士卒之疲劳上，实非浅鲜也。例如，幕营于高地，其给养最便者，舍招致大接济而食其粮秣，别无他术。则驮马、车辆，何利何不利，于此立见。且当地形错杂，坡路难道，前后纵横，则益觉驮马之适当也。

又驮马殆无被限制于道路之害。故无论何地，皆可通行。至于车辆被限制于地形者多。其最近之日俄战役，可取为例者不少。故当夏日霖雨时节，虽于满洲平坦地（余于日俄战争之前三年，曾由辽阳至奉天乘坐三骡轿车行过辽阳之六十里，俗称烂泥堡地方，见有载货大车配骡马七八头，时当雨后，泥水深数尺，一二三小时行不得里余，而驾车之马已疲极矣），每遇落雨数旬，不分道路河川，惟见一片浊水横流，泥土数尺。此时虽单独步兵，一时间亦不过仅行一千米达远而已。其车辆编制之纵列，虽一车载不过三百斤之重，然排万难，奋勇力，岌岌终日，筋疲力竭，不过赢得廿馀里之行程。若使一车载定量之积载，恐更全失其进退无疑也。故用驮马负载二百斤之重量，虽际此困难境遇，苟徐徐行进，确少迟滞。由此观之，车辆编制之不适于用，不待智者知之矣。

再据日俄战役之经验而论，驮马编制，比挽马（车辆）编制，其辎重材料之损坏落失者少，且补充容易。盖辎重车辆一年之间平均约须更换五分之一，至其最易生破损磨减部分，通常如左：

一、轴臂磨减。

二、辕木折损。

三、车辆破损。

四、轴辖壳帽及支柱木之落失。

五、牵网破损。

以上各物之补充，其关于制造输送上，洵非易事，然以驮马编制者全无此等顾虑也。更仅就挽马具与驮马具两相比较，挽马具之破损，每见其多，所以车辆编制者，其修理之难，补充之不易，尤少利益。又驮马编制，易收得掩蔽之利，更为吾人经验所知者也。夫当彼我连日火战，尚未至决战时，或依他之战况，而大接济往往有招致进于火线之旁者。然于此时，则能善利用地形者厥在驮马，舍驮马无有合宜者也。即如最近日俄战役，大接济常有于火线附近搬运饮水之事。且于战备行军中，假令有敌袭之虞，则驮马之利用适当地形较车辆为容易。况通常自远方而深入来袭击我大接济者，多属别动队之马队，非善利用地形，不能转危为安也。更举一例如下：

当日俄战役奉天会战时，有某镇之某粮食纵列，担任搬运伤者于后方，兼运清水于阵地，适通过敌人得见之地，竟受敌炮之集中射击。然同日有某弹药驮马通过其地，竟毫未受是等之损害。盖粮食纵列之车辆，敌人误视为炮队，所以大接济若以车辆编制，而有使敌人误认为炮队之害，遭集中射击之虞也。

夫以上所述之学理经验，其用驮马既利大而害小。纵使行军长径之，指挥之难，人马之数较多，马匹休养上，物品积载上，虽稍有难，然其利处足以偿之。故自战术上论之，给养上研究之，补充上观察之，则驮马编制者，确优于车辆编制者也。今我陆军部正研求此编制，主张不一，其主张用车辆者，多谓北方平原宜用车辆或谓车辆积载物品多，而使用马匹少或谓行军长径短而指挥容易。殊不知，此仅就理想上而言之耳。若综诸已往之战争实验，其所主张均不适于实用也。故予不惮烦而博采群籍，纯由学理及经验上而详说其利害得失。愿我军界潜心研究之，更望当局者，有所取择，幸勿使我国所规定之大接济，既受外国军界之冷评，复殆误将来之战事也。

《军华》杂志第二册　一九一一年八月九日

注释：

㈠大接济：军队的后勤保障。

㈡大操：清末，清廷每于秋季操练与检阅军队，称之为秋操或大操。

中国马队改良编制之私议

夫无论编制何兵种军队，其不可不知者厥有二端：一其兵种之性能，一其兵种之战术也。故其编制设合乎此二者则为活军，反此二者则为死物。更加之晚近兵器筑城等之发达，战术学之进步一日千里，各兵种使用上既有今昔之差，其关于编制上尤为不少。吾国营制规定于光绪三十年，虽多取法各国，大变旧制，然仍未能脱尽旧弊。其不合于兵种之性能及其战术者犹夥，就中以马队为甚，此吾军界所共认者也。今吾陆军部闻亦筹议及此，其改正结果如何，虽吾人未能预知，然其必尽善尽美无疑也。当局者计划周密，固无庸吾人私议其间。吾人不惮烦而陈述其利害者，盖就个人所知之学理经验，欲供诸军界为研究之材料，并冀当局者有所采择，或足有补于军国之万一焉。

我国现今马队之编制，其不便于使用，实为战斗上之一大困难也。盖马队之性能，异于步队。使用马队，与使用步队不同。马队之编制，其不可同于步队，此不待智者而知之矣。考诸东西各国马队之编制，虽有一镇、一协、一标大小之异，然其战术单位之人数总不变也。夫今日马队之战斗能力虽不能如『夫列蝶里枯』[一]大王时代之专横战场，然无论战斗前、战斗中、战斗后其使用此兵种处实多，倘编制不合于使用，则无论区分使用，集团使用，均有不便之感。此吾人研究所知者也。

今吾国马队编制大体与步队同。一标则三营，一营则四队，每标兵员为一千零八。每营兵员为三百三十六，每队兵员为八十四。推求其编制理由，殆相沿湘、淮旧制，未深顾虑其兵种之性能及其兵种之战术也。故每当演习之际，时生种种障碍，致使指挥官使用为难，致使全军动作迟滞。今举一例以明之。例如镇马队（即附属于镇中之马队），独立战斗之时少，服搜索警戒及通信等之勤务之时多，故区分使用每多于集团使用也。当前进派遣前卫时，例附马队若干。假如派遣一营步队之前卫，则附一队马队为合宜。盖队官隶属于管带下，指挥既易，命令亦便。倘派一营马队，附于一营之前卫，马队管带，苟为新进，尚或无妨。否则马队管带之资格高于步队管带，其于指挥上、命令上，每生种种困难，非仅学理为然，试验上亦无不然也。故马队之战术单位为队，一队之兵员，须敷战斗之指挥，今我国马队编制乃如此。夫当一营之前卫，如附与马队一队，则兵员不敷使用；如附与一营于兵员上，或无妨碍。然，试问以管带指挥管带，其中得无困难乎？且我国一营马队之人数为一标人数三分之一。以三分之一人数而附于前卫，仅留三分之二兵员为全镇并其他之使用，尚能敷用乎？况以此等一营之前卫，所要马队人数不必一营（我国一营兵员为三百三十六人）也，或不惮分割之害而分割用之。如用二队，则指挥官之择派尤非易事。两队队官资格不同，尚可择其资格深者为指挥官，如资格同，岂可更派管带指挥乎？总而言之，如我国现在马队之编制，反乎其兵种之性能及其兵种之战术，于使用上为最不利者也。

《军华》杂志第二册　一九一一年八月九日

注释：

㊀夫列蝶里枯大王时代：即弗雷德里希大帝（腓特烈大帝）时代。弗雷德里希大帝（一七一二—一七八六），普鲁士国王，著名统帅，腓特烈·威廉一世之子。早年受斯巴达式教育，但酷爱法国文化。曾与其父发生冲突，遭禁锢。一七四〇年即位后，励精图治，推行重商主义，促进工农业发展；加强军事体

制，实行开明专制统治，将财政收入的五分之四用于军费，采取新式募兵制度，建立常备雇佣军。两次发动西里西亚战争（即奥地利王位继承战争），击败了奥地利，夺占西里西亚。在一七五六年爆发的七年战争中，与英国结盟，率军攻占萨克森，在布拉格、罗斯巴赫和洛伊滕等战役中获胜，表现出杰出的指挥才能。而在一七五九年的库讷斯多夫之战中却遭惨败。一七六二年俄罗斯帝国退出战争，始获喘息之机。次年通过《胡贝图斯堡条约》，保住了西里西亚，从此确立普鲁士在中欧的强国地位，形成与奥地利争霸德意志的局面。一七七二年伙同俄、奥瓜分波兰，取得波兰沿海大片地区。一七七八年在巴伐利亚王位继承战争中，再次击败奥军。作战时，惯以先发制人、出其不意、各个击破的战略，战术上继承和发展了古希腊军队的斜切队形，强调在主要方向上集中使用骑兵；军队建设上以严格的训练方法和严厉的棍棒纪律著称，建立起当时欧洲最好的军队特别是骑兵部队。其军事思想在欧洲军事史上占有重要地位，对后世德国军国主义的形成和发展颇具影响。著有《给将军们的训词》《当代史》《七年战争史》等。

战败后之俄国近状

本篇引用书籍

俄国陆军副参领密崖夫㈠、布尼亚阔夫斯图㈡著《日俄战史摘例集》㈢

俄参谋少将崖马儿栽诺夫㈣著《悲痛日俄战争经验》

日本陆军步兵少佐福田氏㈤著《俄国之近况》

俄陆军大将苦鲁巴多金㈥著《回想录》

一　总论

二　战败后一般人民之警悟

三　战败后军人之奋兴

四　军政改善

五　侵略野心

一　总论

俄国自战败后上下惊悚，深知徒大不足以为强，虚威不足以致胜，尽其全力而图振作。首改君主专制政体为立宪政体，以融和国民之心。其他，如政治、军事、经济各方面，均从事于根本改善，以企达祖先所传来侵略政策最终之目的。其人之气概雄厚，心志坚确，迥非小国民之所能及，使吾人不能不崇拜之，感叹之，惭愧之也。夫与彼国东西对峙而近接者，岂非我中国乎？我中国创巨痛深，较过于俄。然我国上下，事过则淡然置之。所谓振作者，不过纸上文字而已。政治也，经济也，军事也，既鲜根本之改善；人心也，学术也，惟见日趋于腐败，劣等不可收拾。且俄人虽遭败衄，而野心至今不少减。以我贫弱不振作之中国近接其边域，将来大患尚堪设想哉！今略述俄国之特长以告国人，望国人幸勿忽诸。夫俄人之优于吾者，约有数端：

（一）俄军界有学者，我军界无学者。故俄败后，军人有编纂战史能力。将当时战争状况汇集成书，以示国人。我国人既无学识又无感觉力，故自甲午战败后至今十余年，军界中竟无关于战略战术上利害得失一字之批评，及当时战败之原因，无一字之见告，使国人无所知，无所警惧。此俄国军人胜于我国军人者也。

（二）俄人比我重名誉心。故自经此次战败后，除犹太西伯利亚等外族人外，不思雪战败之耻，其他凡稍有血气者，莫不炽复仇之念，欲恢复其固有之名誉也。我国人虽蒙甲午、庚子等战败之耻，然国中上下不过一时稍觉痛心而转瞬忘之矣。金城汤池之要塞（旅顺、威海卫、青岛等），任他族夺而有之不惜也，甚至列强之军队驻屯吾要地。克林德之碑，高竖于国门，吾国民谁不知之，谁不见之？然殆以为应有之事，毫无所感触。此俄人名誉心胜于我者也。

（三）俄人侵略野心百折不挠也。俄人自第十八十九两世纪，即以求波罗的海及黑海出路为目的，以图扩张西北方并南方之境界。其后乘我与日本战（甲午之役）及庚子事变之机会，占领我满洲。为扩张东南境界之计，遂与日本同趋于一轨而生利害之冲突。只以准备未完，大遭日本之挫折，未能遂其野心。然其志至今犹未衰也，故转向蒙古种种计划，步步进行。盖败挫之痛，未足稍灰其野心也。我国自中兴后，惟持保守主义，毫无侵略野心，更加之甲午、庚子二次之巨创，上下迷骇，莫知所措，大国民之志气销磨尽矣。此俄人有侵略野心我无之也。

俄人有以上三特长，故俄虽遭大败，犹不失为强国。此正俄之所以为俄也。吾今博采群籍，略述俄国战败后之状况，以绍介于吾军界者，欲吾军人深思之。要知战败不足悲惧，战败后而甘其战败深足悲惧也。

二　战败后一般人民之警悟

俄国人种既杂（约分犹太人、西伯利亚人、哥萨克人、高加索人等），政体不善。平时人民、政府不能融合一致，所以战时不能发挥其忠臣爱国之精神。当日俄未战之先，国内已成纷扰之现象。迨至日俄开战之际，人民不仅不为政府之后援，且以战出无因，反乎国民之意向，甚有闻胜则忧，闻败则喜之情况。而于战争间对于政府，竟施种种不利益之行动，以阻止军国之事务，数十万部之檄文散布于东西军队，丑斥军队之不良种种不可思议者。莫非其国民之一种悲观的彩色也？彼时一般人民诚快心矣，然至战败后外人之评论，则全国受其影响。政府不过人民代表而已，政府之失败，国民与有罪焉。一般人民于是始渐渐悔悟，故此时国中虽有党派之分，而对于外，殆无不抱敌忾之心也。

三　战败后军人之奋兴

俄军将士于战时固苦战奋图矣，然结局仍不免战败之耻。其原因固甚复杂，而军人精神之素养如何，实有左右之力焉。盖委弃枪炮，仓皇退却者，军人之精神不足也。故日俄之役，俄军终归于劣败者。俄军人虽百口辩论，不能逃其罪，俄军人实耻之。迄至战败后，军人莫不争自奋兴，痛洗前日卑怯之习，著书立说，研究战败之原因，讨求改良之善策。战术也，技术也，莫不考求进步，努力更张。例如，昔日虽于重要之学术，往往专致力于理想空论者，今则莫不以实战之经验为战术之原则矣（俄陆军大学堂教官竟有于讲演战术时而引用数学者）。故俄国近来改革军政不遗余力者，皆胚胎于军人之奋兴。俄军人虽为败军之将，然犹未可以轻视之也。将来侵我边疆，蹂躏我西北者，即此败军之将，未可知也。

四　军政改善

吾人所最崇拜者，俄军界受此巨创，犹能以其不屈不挠之精神而从事于改革也。战争者，莫不啻改革军政之试验场地也。俄国于日俄战争后，其陆军当局者，即以此次战败之经验，而着手于军事改革。预期于千九百十二年（宣统四年）大体告成。其关于兵器材料并军需品之整备，以及存置此等物品仓库之建筑费，前年七月及去年三月已两奉俄皇上谕，勅令支出，计数为一亿三千万罗卜㈦。而继续支出年度，至于千九百十一年。更继续四个年或三个年。其附于各部队所试验之改正诸条规，亦于千九百十二年确定实行。兵器被服等之充实整备，亦概于千九百十二年而移于新计划。其他凡于千九百七年仓皇所着手敷设之黑龙江铁道，及排众议所设置之黑龙江河川舰队，竣工期，完成期，均定于千九百十二年而成功（即宣统四年，我军人不可不知）。夫俄国此等改革计划，于日俄战争终了之翌年即已着手，其属于官制者今已告竣；其属于陆军经理者，草案已成，现正从事于国防作战教育各方面矣。然欲知其陆军素质上如何改善，非先知与素质上有连系者不可。兹就军制上之改革而大略陈述如下。

俄国为统辖莫大陆军及统一指挥权，而图事业一致起见，故力行军制诸般之改革。又对于地方统辖机关，以减少行政官（非战员）为目的，而施行调查定员及编制之改正。故于征兵也，大改征兵制度。其改正之要点，为缩短兵役年限。前定之四年兵役（乘马兵五年），今改为三年役（乘马兵四年）。去年对于哥萨克兵，又复缩短一个年之服役年限。更加之晚近国军兵力异常增大，由国势自然之发达，致生种种之缺点，今日不得不力图根本的改正。故当开委员会时，不独征取陆军各部队意见，即个人意见，亦广为征取之。其关于动员事项也，当此次日俄战役，既发见其结果不良。故战争终了，即从事实行改正，现已大体完成。去年四月曾试验动员一次，九月又施行第二次之试验。闻本年度之预算，关于此事，已要求特别经费矣。其关于兵器器具材料也，当日俄战役中，已发见不可不改良之点。故和议成后，即将枪炮、器具以及附属品并辎重兵材料等，均改涂茶褐色。步枪虽无改正之计划，然就各部之缺点，已征集各部队意见矣。其如千九百二年式防楯速射野炮，及千九百四年式速射山炮，均略加改正。盖此等火炮虽于日俄战争时，一部改装，然今日更急急而期其全部告成也。其所编练之臼炮营，乃以旧式十五生的二四臼炮编成者。今俄国于极东驻屯军队及欧俄若干部队，已改换十二生的二野战榴弹炮矣。此外，尚欲采用十二生的及十五生的口径野战榴弹炮，正从事计划。其携行器具，由日俄战役之经验，已使各部队增加其携行员数。虽步队亦拟使其携带电话机，于行军时亦欲使用电话也。其野战铁道材料及行军庖厨车，亦采取新式材料，从事试验矣。其军用自动车队，虽比西欧诸国稍有逊色，然自日俄战争后，即计划准备。现已于圣彼得堡及莫斯科军管区内，各一个之编成矣。无线电报，虽早于特别部队使用之，然据最近之试验，波罗的海与黑海之间约二千俄里，可以交换通信，故海军部则决定使用之。空中飞行机，世界各国均热心研究，认为军中必不可少之要件。惟俄国军用技术，向不如西欧诸国之发达。故现时不过制造诱导气球二个，内一个尚购自法国。惟自此次战争后，空中飞行术之研究颇盛，各种之发明及制出模型等事时有所闻。近更向美德各国购飞行机数个，本国亦五六个从事制造，且设立教导气球厂，为研究此事之机关。此外，如大学堂各专门学堂均新设讲演飞行术一门，大非昔日固陋之比矣。综以上所述而观之，俄国之关于征兵、动员、兵器、技术等事，莫不大变其昔日守旧主义，而极力从事革新矣。然欲知军人素质上之真改善，更可由制度、教育两大方面上之改善而观察之也。

（甲）制度上改善

（一）将校　现以淘汰老朽将校为目的，而改正恩给制度，以图将校之刷新。然俄国下级将校，素有相率脱离现役之风，故今增其薪俸，加其服装及野营等费，并改正舍营地等级表，以图增加其宅料。又减少诸种杂费，于陆军病院增大其受治疗之权利，并与以金钱上之优待。盖俄国将校，向因出身之不同，而进级大异。将校之间，颇不亲睦，各立党派，时起冲突，此次战败莫非原因于此故？俄陆海军当局者，自此次战役后即开考绩会议，公平决定，以资格之顺序而定进级之迟速。至上级军官之进级法，亦采用拔擢、停年两法。盖如此，既可使军官无悻进之心，并可杜奔竞之风，暗消灭将校之意见，冀免除党派之冲突。盖全国将校无论何级，莫非皇帝之军人也。伦偏私异法，势必使大多数者寒心。夫望其心平气和而尽忠于国家，岂不难哉。故由喜怒好恶而为登进之法者，其所效命之人不过左右少数耳，其大多数未有不离心离德者也。俄陆海军当局者能眼光及此，俄军政其勃然兴乎。

此外，如将校团制度、皇族就军职制度均大改正。盖俄国素不以将校团制度为然，今则认为必要之图矣。俄国皇族之就军职者，素为一般世人所攻击，今则于皇族补任等事，大为注意矣。呜呼！俄国军政之革新，可为不遗余力矣。

（二）弁目　关于补充弁目计划，大改旧法。旧日弁目，乃由弁目学堂而养成之，今则决然废去，均由各部队教养之。如步兵，要塞炮兵，攻城炮兵，辎重兵，于各标各营，授以十个月特别教育后，即任为弁目。此特别教育，每年新兵教育期满后，即行开始。故新兵中有充一年而任弁目者。弁目长期奖励法亦大加改正，服装及待遇均给与特典。如有在队服役过十五年者，则与以一千罗卜之赐金，及得恩给年额九十八罗卜。若更愿服役者，并给与数星期或三个月之休假。如极东军队，类如此等弁目，休暇之际并给官费，使达于所望之地点。其他如期满弁目，关于他官署之任用规则，亦渐次扩张。其优遇军人，诚不异于西欧诸国矣。（未完）

《军华》杂志第三册　一九一一年九月

注释：

①密崖夫：今译名为 C·米谢耶夫。

㈡布尼亚阔夫斯图：今译名为 B·布尼亚科夫斯基。

㈢《日俄战史摘例集》：《一九〇四—一九〇五年日俄战争史摘例集》。俄语书名：《Сборник военно–исторических примеров изРусско–Японскойвойны1904–1905г》

㈣崖马儿栽诺夫：今译名为伊·马尔梯诺夫（Е.И. Мартынов）；《悲痛日俄战争经验》俄语书名：《Изпечального опытарусско–японскойвойны》

㈤福田氏：生平不详。

㈥苦鲁巴多金：今译名为克鲁巴特金。

㈦罗卜：卢布。

最新海军基本战术

甲午之役，我海军连战连北。研究其胜败之理者，莫不归罪于筹备之不善，命令指挥之不统一，将帅士卒之不用命，抑知其战败之机，已早覆于未战之先乎。盖战争之胜败，纯以学术优劣为标准。我国昔时筑垒购舰，固不遗余力，然运用纯物质之学术，未能深于研求，故舰垒虽称坚固，而深通学术之将帅竟乏其人。夫物质待学术之运用而始有效果者也。我国曩时所设立之水师学堂，教育偏重于形质，故出其门者，虽航海测量、天文气象等学尚有心得，至于指挥舰队战斗之术，乃未之多闻而熟习，故于丰岛、黄海等战，与日将伊东㊀、桦山㊁、坪井㊂、东乡㊃、上村㊄等遇，则仓皇无措，归于劣败。明其道者，不待其会于战场，已知其不免矣。今国家既更议振兴之策，吾深愿以前事为殷鉴，公余之暇乃译世界最新海军基本战术，以飨国人。吾愿国人得知昔日之失，而早为今日之计，以雪当年丰岛、黄海战败之耻也。

宣统三年六月何澄识

绪　言

夫研究战术之始，宜先推究『战术』二字为何物，及此物应如何而讲习之也。『战术』者，战斗之术也。虽为海陆军所惯用之兵语，欧语谓之为 Tactics。究其根源 Tact 者，即发于『术数』之语也。然如现时之『达枯楼枯斯』㊅，即战术之定义。其所记载于本校兵语界说者，有兵术(Avt of war)一科，首以指挥运用其军队与敌人战斗之技术为主。简而言之，则有战斗术之意味。然此战斗术未可以范围而限界之也。譬如，以数支军舰于一小地域为短时间之战，固谓之战斗，而以数千支大舰速艇于数百万里之大海面上，亘数十日之战，亦不可不谓之战斗。夫战斗既不可范围而限界之，则运用此等技术，又岂可范围而限界之乎？故战术每由兵力之多寡，战地之广狭，战时之长短，而为种种之区别；其因战斗时所操用之武器而种别之，则有炮战术，水雷战术，冲角战术之分；其因船种之不一而种别之，则有舰队对舰队之战术，舰队对驱逐舰之战术之分；其因战地之不同而种别之，则有海洋战之战术，海岸战之战术。对于要塞战之战术由是观之。战术之种别，以及范围之大小，势有不可不分类，至于千状万态者矣。噫，此战术岂非人间技术中之最大者乎？殆可谓万有之元素，无不包含于其中矣。然充其进步而思之，究有几何之种类，其大至于何处而止，实非吾人所能预定也。方今世界各国，已有年年增大其海军兵力之趋势，将来使用二百支以上之军舰，驱于一战，反视今日所有者，为区区不足道，亦未可逆料也。且以晚近兵器进步之程度而观之，殆略可知将来之大体。其转瞬间不难有三十节之战斗舰出现于世，致使其有效距离至八千米达之鱼形水雷而不得施其猛烈，或在意中。且更深思想之，战场者，不过在地球表面中一部分耳，岂足谓广大。苟就平地上而论战，则吾人对于现在及将来之海军准备，其所欲讲究之战术，仍以定限之兵力，而以平面战场之战术为本，固不必徒驰理想而研究。吾人一生所不可用之突飞战术，然以左所有事物之发达，则战术每因之而进步，吾人又不可不铭诸于心也。即如兵力兵器之增大进步与活用，此战斗之方法（战术）非日求改良不为功矣。且海军界兵器之进步，遥速于陆军界，苟不精益研究其运用之术，势必不归于劣败不止。例如，吾人于海上之平面战术研究之际，假令忽自头角有军用轻气球飞行机出现之事，或其发达不已，潜水艇得飞行于空中，战斗舰能潜航于水底，其战场几几乎已非平面，乃立体者矣。由斯观之，今日之战斗，虽不过警戒其前后左右，然将来之战斗，非前后左右、上下具警戒之不可矣。大炮非附有九十度之俯仰角而上下射击其上下所来之敌舰不可矣。吾人之仅研究平面战术，已为陈腐。不独战术为然，即以现在之全盛之海军，亦将变为无用之古物，成为空军万能之时代矣。此虽谓达于极端之例证，然观今日事物之进步，实有此等之趋势。吾人固知驰其理想研究，其有限之死战术为无益也，宜从世运之进步，而不可不努力研究战术之改良，为竞争之准备。然将如何而从事研究此战术乎？则此册《海军基本战术》，果能潜心而学习之，不难得其微奥也。更列记研究之方法为学者之指针者如左：

（一）以古今名将兵家之著述言行为资料，而讨究兵术之原则，以说明应用于近时海战之方法，为启发兵术之知识而磨练其思想。

（二）研究古今战史，首以探求各种战例之成败、利钝、所异之原因及结果，并讨求此因果之关系、经过，以明其兵理之所在，而同时指示其将来实战足为取法之要点。

（三）由于兵棋及图上演习并对策作业等，而研究近世兵术计划实施之利害得失。更据此而陶冶其处于战阵之观察力、判断力，使其机智决断，灵敏神速。

（四）讲求其不可缺之兵术计划实施战务，使得有执务上之技能。

（五）以参观实地演习，并观察各战略地点、军港要塞等，而补助案上研究之不足，及增进用兵作战上之一般见识。

然以上诸法，不过案上之讲习，非谓了解此讲习，即足为战场实地之达人。且战术与他科学技术无异，贵实地之活用，而不贵纸上之空谈。所以无论何等长于学理者，倘不知实地之活用，终难得技术之妙能。例如绘画者，但迫其绘名画，而不教授其运笔之法，必不能得其术。盖非方法熟练，或时取古代名家画品为蓝本，心摹而手追之，则不能造高妙之地步也。故研究战术，亦以身投战场，足蹈实地练习讲求为必要。然实战者，乃赌国家存亡之大事，非可滥为讲习。补助之策，惟有熟练类于实战的实地演习，或时时施行兵棋演习，更专心致力取古今战例而研究之。如此，则无异学绘画者之取古代名家画品为蓝本之意，其技术未有不精者也。夫读此册，其功用虽不过等如绘画时而为绘具之配合及教授执笔之法，若战术之真神髓，则在研究应用战术科中，非此基本战术之所能尽。基本战术，乃纯就根本于有形的要素，而研究有形的方术，不入于无形的心术之范围。然巩固基本之素识，为凡百学术之要点。研究基本战术者，实为探求应用战术之基础也。

兹更择古今名将学者关于兵术之讲究，而足为后学教训诸语录，列记于左，以补所言之不足。

那破仑㊆曰：兵术者，乃基于决不可背戾之原理者也。凡百兵战，皆依此兵术而实施。故非精思熟虑，洞知其理，则绝无成效之可睹。古来名将之所以立伟功，建鸿业者，唯以能尊守兵术之自然兵理耳。假使纵以非常之胆，奏非常之功，然推求其原，莫不根本于此。故欲得兵学之要，则于古今战史上名将之所为，精细研究，勉为效法，庶得讲求兵术奥义之不二法门矣。

马尔蒙氏㊇曰：用兵大道，虽不冗多，然当其实施，则变化无穷。百事幅辏，如悉能先知，而预为处置，实非易事。

又曰：能预先善为着想目的之所在，而至求达其目的之手段时，则始能发见兵理之所在。盖兵术者，不过一兵理之利用耳。

路阿尔氏[9]曰：兵学者，锻炼大丈夫心胆之格物致知之学也。其得效全在于投机与神速，故于战场立决万端难事之时而判别何者当为，何者不当为，全在不惑是非。若一踌躇，其机即失，故预为审之，而谋具有自信之识见以临战场。盖具有识见之士，可谓国家之至宾，完全之武库，应其机不难制出无限之甲兵。若夫无学识之将帅，遇事惟待他人之指导，其必为虏囚无疑也。

彪蛟氏[10]曰：预先不讲求兵理，而于危急之际能应用之乎？事事物物必有所据，乃可决断其所为，岂可妄断之乎？夫兵战之事，不能预为察知者本多矣，况推思而得知者，岂可附诸等闲耶？

又曰：讲习与实验不可偏废者也。所谓真卓越有为之将帅，必兼而有之。然为兵战，临机应变，未必确乎能定其原理也。故为指挥官者，须服膺兵战之原理，应事出之不意，而着眼为我有利者。

浦卢麦氏[二]曰：予劝告诸子，夫判别复杂兵战之诸现象，且就此现象之各个上而探求单纯自然之原理，苟不拘泥形式，不假装博识，而对于此原由结果，更讨究此两者之关系，以此等趣旨而讲习兵战者，在理会明晰，判断确实，而坚固其自信力也。故当有事之日，统率部下于敌人之前，身之周围，环绕于吾者。所谓外部之冲扰，内部之繁剧，俱不足畏。惟以合乎理势而秩序整然。主宰兵战，盖世所谓军神者，亦不过具有深虑卓见，且好授从者以胜利之荣冠耳。

吴子[三]曰：凡人论将，当观于勇。勇之于将，乃数分之一尔。夫勇者必轻合，轻合而不知利，未可也。故将之所慎者五：一曰理，二曰备，三曰果，四曰戒，五曰约。

哈穆列氏[三]曰：凡欲讲求兵术者，如欲理会事实，则不可不有原理之识见。如欲探明原理，又不可不有事实之识见。然得此等识见之方法，唯有深攻战史，以能自行构成兵理程度为止，而热心从事不忘。

马杭氏[一四]曰：研究战史的将校须知战术之变更，不仅起于兵器变更之后，并可观察其间（战术变更与兵器变更之间）者。兵器之改良，由于一二人之力，可得而遂之。至于战术之变更，如欲打破多数守旧将校之习惯，非一朝一夕所能为者。然欲除此弊，唯有以公明之心，观察古来战术之变更，考求现时新船舰及新武器之势力，各准其素质，而研究利用之方法，即能构成崭新战术也。夫为军人者，讲求此方法，决非徒劳之事。不仅不徒劳，设能常讲求此方法，必能临战场而搏胜利。此古来历史上大有明证者也。

那破仑曰：若由于无识将校，凡二人足成之事而死十人者，其八人之生命乃无识将校者之责任也。

锐坡亚将军[一五]有言：无识将校者，杀人犯也。夫天下之精卒勇士往往被欺于无识之将帅信赖之，而不愿贵重之生命每流无益、无数之鲜血。噫，无识将校其何颜以对此无用之流血耶？余虽多年热心研究兵事矣，然抚躬自省，尚以为不足，时时增战慄也。

哈尔多将军[26]曰：凡为军人者，不可不时时切磋琢磨勉进其智识也。不然，其无识之害，诚有使其忠勇部下而等于犬死者。古来几多之战斗，往往仅因将帅之无识而遭败衄之惨。例如耐儿之战[27]。奈儿孙[28]与卜路崖[29]同于森托奇兹兹[30]获得夫多将军二战斗之利益。然，奈尔孙鉴之，卜路崖忽之，故后者终不免战败也。

译者曰：我国古今来，战争次数吾无暇而统计之。每一次战斗，其战死士卒数目更无从而统计之。总之，其死亡数目多寡不必计。其死亡原因，吾不能不痛恨古今一班无学无识，庸庸蠢蠢，如马如牛，声威赫赫，自鸣得意，如锐坡亚将军所言，罪大恶极，杀人犯之将帅也。然往者不可追矣。国势危迫如今日，将来战争之祸必不可免。我军人必有洒鲜血于战场之一日。死，固军人本分，军人何惧之有？惟贸贸然将此贵重生命断送于无识将帅之手，不徒此精卒勇士之生命可惜，国家之安危系焉。赵括无谋，四十万精兵同归于尽，而赵亦随之不国。呜呼！世人亦知为将帅者一不慎，其不仅为杀人犯，且为贩国犯乎？东西洋各国竞相研究学术者尚矣。愿我军界爱国笃学之士，切勿为外务所摇，潜心致力，多读兵籍，非仅平日获有学术昌明之效，即将来一旦身立战场，必无败衄丧师之辱。个人目前之利禄不足保，国家亦随之俱亡，身后之毁誉尤大可畏也。我二十行省之军人其共勉之哉。（未完）

《军华》杂志第三期　一九一一年九月

注释：

㈠伊东，日本海军大将、元帅伊东祐亨（一八四三—一九一四）。少时入江川英龙学校学炮兵，后入胜海舟神户海军操练所学航海。明治维新后加入日本帝国海军。一八九四年七月任日本联合舰队司令长官。九月十七日，日本联合舰队与清廷北洋水师于黄海发生海战，与战前预想相反，清廷大型主力舰被击毁（日本旗舰『松岛』号四二一七吨，清廷旗舰『定远』号七二二〇吨，差距近一倍），日本取得黄海制海权。战后任军令部长。一八九八年封海军大将。日俄战争结束后封元帅。

㈡桦山，日本帝国时代海军大将桦山资纪（一八三七—一九二二）。鹿儿岛县人。一八七一年任陆军少佐。明治维新政府成立后，升任陆军少将并出任大警视厅警视总监。历任海军大臣、海军军令部总长等。清廷割让台湾后，成为台湾日治时期首任总督。

㈢坪井，日本海军中将、战术革新家坪井航三（一八四三—一八九八）。山口县人，早年留学美国。一八九〇年晋升海军少将。一八九四年七月二十五日，由其指挥的第一游击舰队在朝鲜丰岛海面搜索前进时，与北洋舰队『济远』『广乙』号两舰遭遇，其立即下令开火，丰岛海战由此开始。海战进行了一个多小时，北洋军舰『广乙』号被击伤，战斗中误入战场的运兵船『高升』号被击沉，运输舰『操江』号被俘，是为日本联合舰队获胜的最大功臣。黄海海战后，因功擢升海军中将，授男爵。

㊃东乡，日本帝国元帅、海军大将东乡平八郎（一八四八—一九三四）。鹿儿岛人。留学英国泰晤士航海训练学院。甲午战争后晋升海军中将并出任海军大学校长。一九〇〇年，八国联军攻打清廷时任日本常备舰队司令。日俄战争中任日本联合舰队司令官。一九〇四年二月八日，突袭俄罗斯帝国租地旅顺港内的俄国舰队，俄国两艘铁甲舰、一艘巡洋舰被击毁。同时，俄国军舰瓦利雅格号和柯列茨号，在朝鲜仁川也遭攻击，日本很快夺得制海权。四月，日本联合舰队大败俄国舰队。六月，晋升为海军大将。一九〇五年五月二十七日指挥对马海峡海战，大破俄国长途奔袭的波罗的海舰队。此役决定了日俄战争日本的最后胜利。此战前拍出的电报『已经发现敌舰，联合舰队即刻出动，今日天气晴朗，但是波浪高』和『皇国兴废在此一战，各员一同奋励努力』的训令在日本家喻户晓。该战役的胜利使其成为在近代史上黄种人打败白种人的头例，也使其得到『东方纳尔逊』之誉。同年十二月，被任命为海军军令部部长兼海军将官会议议员，成为日本海军第四任首脑，参与日本军国主义对外扩张政策的制定。一九一三年，被赐予帝国元帅称号

㊄上村，日本海军大将上村彦之丞（一八四九—一九一六）。鹿儿岛人。毕业于日本海军兵学校第四期。甲午战争爆发后，先后参加了丰岛、黄海、威海卫三场海战。一八九五年七月任常备舰队参谋长。一八九九年九月晋升海军少将，出任军务局长。一九〇二年十月任常备舰队司令官。一九〇三年九月

晋升海军中将，任出云号巡洋舰第二舰队司令官。一九〇七年九月被授予男爵。一九〇九年十二月任第一舰队司令官。一九一〇年十二月晋升海军大将。

㈥『达枯楼枯斯』：今译名不详。

㈦那破仑：今译名为拿破仑。

㈧马尔蒙氏，法国大革命时代军事领袖奥古斯特·德·马尔蒙（一七七四—一八五二）。一八〇八年因战功被封为拉古萨公爵，一八〇九年晋升为法国元帅。

㈨路阿尔氏，即德国陆军元帅阿尔弗雷德·格拉夫·冯·施里芬（一八三三—一九一三）。

㈩彪蛟氏，今译名不详。

⑪浦卢麦氏：德国军事理论家、《战略论》作者伯卢麦将军。

⑫吴子，即吴起（前四四〇—前三八一），卫国左氏（今山东定陶）人。政治家、军事家、统帅，兵家代表人物，著有《吴子》，与《孙子》合称《孙吴兵法》。

⑬哈穆列氏，今译名不详。

⑭马杭氏，不详。

⑮锐坡亚将军，今译名不详。

⒃哈尔多将军，今译名不详。

⒄耐儿之战：特拉法尔加海战。一八〇三年，拿破仑统治的法国与英国为首的反法联盟再次爆发战争，为牵制住英国海军，拿破仑派海军中将维尔纳夫率领的法国和西班牙联合舰队与英国海军周旋。一八〇五年十月二十一日，双方舰队在西班牙特拉法尔加角外海面展开决战，战斗持续五个小时。由于英军指挥、战术及训练皆胜一筹，法西联合舰队遭受决定性打击，主帅维尔纳夫以及二十一艘战舰被俘。此役之后，法国海军精锐尽丧，从此一蹶不振，拿破仑被迫放弃进攻英国本土的计划，而英国海上霸主的地位得以巩固。

⒅奈儿孙：霍雷肖·纳尔逊，KB(Vice Admiral Horatio Nelson，1st Viscount Nelson，一七五八—一八〇五)，英国十八世纪末及十九世纪初著名海军将领及军事家，被誉为『英国皇家海军之魂』。在一七九八年尼罗河及一八〇一年的哥本哈根等重大战役中带领皇家海军胜出，在一八〇五年的特拉法尔加战役阵亡。

⒆卜路崖，今译名不详。

⒇森托奇兹兹，今译名不详。

论时局与粮食问题书

——致《太平导报》主笔赵正平

日前到沪，只以匆匆未能访谈为恨。时局变化之速，虽无足惊怪，然此等时局，自了不了。不仅小民，盖各省均有连带关系。而各省执政者，均有数年恩仇历史。一旦忽曰闭门自了，势非容易。

昨接徐州友人书，谓：此间已定国是，保境安民，不问境外。我辈居江南者闻之，能不欢喜？惟更深一层思之：吾人未敢就相信安心也。盖我不侵人，能保人不侵我乎？使人不来侵我固有道，则保境安民，不问境外，可为不使人来侵之道乎？且一省安能定国是，保境安民，不问境外？空空洞洞，又何足谓国是？我想此刻时局虽纷扰，似难整理，然实有整理澄清之道。今日之无办法措手者，乃执政者学问才能不足耳。否则，何以古代乱后有治，即治者非天力，实由人耳。所谓人存政举，果能有学问才能者，吾敢断定，治此乱国易如反掌。何以故？故有学问方能有主义；有才能方能行其主义也。足下试观今之各省当道首领，能备此四字（按：指学问才能）者有几人？宜天下扰扰攘攘不已也。弟非敢轻视若辈，而为虚谈，实以廿馀年之经验，确有此感觉，兹举一例。

例如，我辈所见之一班志士伟人、军阀官僚，得志在位，纵欲自杀，失意下野，堕落忧愤，或以嗜好消遣，或以邪道运动，急图复兴，纯以个人得失为忧喜，不明自做事乃为国家社会服务，绝不知在位时勤谨办事，去位后潜心平气研究社会上一切不明白、不熟悉的事，故纵然侥幸再得位，其根本欲为恶者，不必论矣。既有自好者，然一切模糊，势非颠倒错乱不可。此说非弟武断，确有事实足证。如吾弟居苏州，平日尚处处留心，然清楚者不过苏州而已。至无锡、常州、宜兴、吴江、昆山等，虽亦有所知，然不过大概矣。地方情形明白，方能办地方事，此乃不易之理。倘一切不明白，是非等于聋瞎木偶，安有办好之理。故弟常戏言：『如使我治苏州，尚敢；倘使我治江苏，我实不敢也。』足下试思，今之人学而优则仕者有几？平日不念经，临时抱佛脚，世人通病。果真将来明白一县情形者治一县；明白一省情形者治一省；明白各省情形、世界情形及各党各派情形者，再言治中国。如此，吾敢断定中国未有不治者矣。此是弟个人意见，高明以为如何？

昨读贵杂志，关于民食问题，有所研究。此事，弟初以为一省问题，不欲议论，细思关于全国民生至巨也。今日全世界纷扰不宁者，厥为民生问题。此事中山先生确已了解其必要，故对『民生主义』言之极详，且得其精神，故明确言：『俄国式之马克思主义只能偶然解决政治问题，不能解决社会民生问题。』又言：『中国非贫富不均，乃全是贫，今之纠纷，乃大贫小贫自扰，非贫富冲突。』又言：『欲解决社会问题，非讲民生主义不可。讲民生主义，非先使民富不可(所谓民足，君孰不足)。使民富，非增进生产物不可。』吾读此数语，觉人人有面包吃，扰乱自少。

今各省米珠薪桂，民不聊生，乱何能已。即如江苏素为生产物发达之区，尚且如此，黄河流域可想而知矣。今日北方实一时不易挽救，如江南，吾细密思之，并非水穷山尽，确有补救之方。此事刻下人多注意，想已感受切肤之痛矣。弟居苏十馀年，虽不敢留心国事，然以其切己之故，曾少研究，兹略将管见写出一二，愿与足下商確之，或有补于江苏也。

吾忆民元二年，吾移居苏时，米最贵不过五元，更忆前清宣统年间，米最贵不过四元，同光更无论矣。民十以前，米贵不过十元，今米十三四五元矣。

推求其故，几言人人殊。然就吾研究所得，考最大原因，生产减少，处理不得当也。当此交通便利时代，邻省如邻县，邻国如邻省。邻国不足，固受影响；邻省不足，受影响尤速。故江南丰、邻省荒，等于江南荒。若江南因种种原故，致生产顿减，则更不堪设想矣。近年以来，邻省广种鸦片烟，减种五谷，于是民食顿减缺乏，势不得不运江南之民食以周济之；则江南纵不荒，邻省亦不荒。而种此毒物，自然生产减少，民食不足，江南等于荒，江南等于种毒物，于是举国交困矣。此乃唯一米贵之一大原因也。以有易无，经济通例也，今古不变，惟输出须有限制，斟酌适当之数目为最要之事。查前清时代，虽无经济新学识，然以经验所得，确有与现代暗合者。例如，江南在前清，每年规定运米四百数十万石于北京，曰『漕运』，至今年，年犹例收漕粮不改。虽曰运河运漕米之事已除，由表面观之，似轻江南担负，增益江南民食，然内容实不仅照旧（漕粮仍照收），且输出私运无限制矣。故当前清时，每年运北米四百馀万石之多，而米价不昂（约四五元），今则漕米不运，米禁森严，反价增不已，缺乏愈甚，宁非怪事？此等重要民食，生命最有关系之事，而无人细心管理，亦米贵之唯一原因也。吾常对人云：『江南如欲解决民食问题，非以新经济方法，有组织的管理不可。江苏宜设一粮食管理局（欧洲各国有行之者），先从事于调查统计，而后适当处置之（此外并严督改良农业，使增进发展）。』此事以处置为最要。例如，预计今年收获丰，除调查全省人民需用及备荒外，应由省政府设法输出。倘预计今年收入不足，应由省政府就邻省或邻国酌量输入存储，以备不时之需。如此，若巧妙灵活办理之（平衡米价），不但民食无恐，省政府可致富也。此非弟个人空想，良以近年来感受衣食不足之痛苦，随时研究，到觉非如此不能挽救。未审高明，以为如何？

《太平导报》第一卷第二十二期　一九二六年六月八日

人类主义

人类生于天地间，岂偶然哉？天之生此人类于天地间，又岂故欲痛苦之哉？佛、耶之谓人类生在世间，乃因罪孽而受处罚，应有苦无乐者。此种传说，岂足为定论乎？岂真不易之理乎？使我有性灵之人类，殊不能不怀疑焉。夫以吾浅陋之推测，或当佛、耶时代，佛、耶环境异常恶劣，只见人类之苦，不见人类之乐，而有所慨叹，特发此悲悯人类之言，而假设一说耳。何以故？夫天岂不仁者乎？天苟不仁也，又何多此一举而必生此芸芸众生，而特欲苦之耶？况与人类而生于天地间者，尚有动植物在，天之对于不如人类之物，尚不欲苦之，而何必独苦人类耶？吾诚百思不得其解焉。

夫以种种常理推之，则人类之苦，乃人类自造之耳（所谓自作孽），非天本意也。况世人多不能推究人类之本原，只知观察人类之现在，故往往将人类自苦、人类之罪而归罪于天，更每因一时代、一环境所受之苦乐，而断定其为如何，则诚不思之甚，思想大谬者也。

其更错误者，世人重物质而不注重精神，往往以物质上苦乐而定人类之苦乐，故视富贵为乐，贫贱为苦。夫此等苦乐，固足为人类根本苦乐乎？此又不过物质上比较之苦乐耳，非真人类之苦乐也，此乃一部分之苦乐耳，非人类全体之苦乐也。盖人类之苦乐，除物质外，尚有精神者在。人类之乐，在不失其人类天然本性也，人类之苦，在为刍狗机器也（变人类天然本性故），且人类好乐而恶苦者也。然何以知人类好乐而恶苦耶？何以知人类欲全其天然本性而不欲为刍狗机器耶？吾敢就人类平时所表见者推之，盖无论贤愚，人类其无不好生而恶死也，无不乐得自由而苦受束缚也。更就浅显者言之，则人类无不欲温饱而不欲饥寒也，无不欲安宁而恶辛劳也。故世间能使人类不应死而不死，温饱之，安宁之，则无不乐之。倘不应死而死之，饥寒之，扰乱之，则未有不苦之者也。非仅人类然也，即以动植物而言之，亦无不皆然。如此观之，则可知人类喜自然而恶勉强矣。其对于人类，顺其自然者是也，而硬用方法，欲如何如何者非也。故吾敢大胆断定之，则今日世界上其所提倡之种种主义而不在人类上着想者，必不适于人类世界也。至部落思想之国家主义及世界主义、集产主义等等，不过徒为苦人类之主义，重制度而轻人类之主义耳，非人类所欢迎之主义也。故古今之圣哲，无不对于人类苦心焦虑，思有以适当安排之道。主张积极者有之，主张消极者有之。固以时代不同，观念各异，然无不以为环境压迫之恶，人类之苦而欲有所挽救之也。夫凡过去之人类受环境之压迫及人为的安排失宜，确是苦多乐少，纵物质上有一时暂乐者，然精神上之痛苦，每有自不能言者也。古之大哲学如孔、老、佛、耶等，大政治家如伊尹[一]、周公[二]、管仲[三]等，莫不知其然也。惜徒慈心，而不得行其道，或少行其道，而旋为环境所打破，致不能维持。至于今日，即如欧洲之聪明哲学，如卢梭[四]、达而文[五]、托尔思泰[六]、马克思，政治家如比斯马克[七]、列宁等，亦洞知人类受环境压迫之苦，而思有以拯救之，安排之，苦下研究，惜多以人类来试验学理，致使人类痛苦愈甚，希望愈无。盖比斯马克之国家主义等，仍对于人类认识不清，重物质而轻精神，轻人类而重制度也。要知人类者，秉赋于天而生斯世间者也，纯尚自然者也，若全以制度而欲规定之，使其如何必如何，则自然距人类愈远，仍是以人类视为器物矣。夫以人类而以器物视之，则所谓主义云者，不过处置器物方法耳，非安排人类之主义也。西欧自十七八九世纪至于今日，彼方人类颠连此等处置器物政策之下，遂经种种变迁，竟演成万物相争，人类相杀，迄无止境之局。犹如我中国自有历史以来，所谓豪杰英雄叠起，亦以人类为器物。殆至今日之新旧军阀官僚，承前人之衣钵，更以人类器物视之，甚至本身而已为他人之器物而不自知。洵中外古今如出一辙也，可不痛哉。

夫试思吾人类生于此天地间，谈何容易。而数千年来，无不被野心者视为刍狗机器。曾普通之动植物而不如，受彼蹂躏驱使，历时如此之久，尚无术以自拔，诚人类之大不幸。况果遭刍狗机器之待遇而不感觉其苦，尚有可说，今吾人天赋之性灵，未能全泯，每有苦为人刍狗机器之表现，夫岂天造地设，使人类应为刍狗机器乎？抑人类生于天地间，应苦不应乐乎？果如所云，则天地诚不仁矣。天地岂不仁哉？吾精审细思，终不信人类长此苦而不乐也；始终应为恶鬼魔王之器物而不得恢复其璞真，全其纯粹自然之人类也。苟以人类进化论之，人类似不应长在此黑暗地狱中生活，而人类必能积极的奋勇向前，达到所谓如佛、耶所云之极乐世界及天堂也。夫佛、耶之虚设假定，凭信固难，然人类果能行人类主义，以老氏三不方法（不尚贤、不贵难得之货、不见可欲）并自由自在，各尽所能，各得所需，克勤克俭，无夺无争，融融和和，安行宁居，则此等真正之极乐世界，岂远人哉？苟努力求之，岂难能哉？呜呼！吾人类之在今日诚大劫临头矣。所谓国家主义也，世界主义也，集产主义也，无知识阶级也，有知识阶级也，无资产阶级也，有资产阶级也，帝国主义压迫也，世界革命也，民族解放也，纷纷扰扰，各不相下，争新斗奇，纵其大欲，无不以人类为刍狗机器，鞭策驱使，自苦苦人，毫不思人类乃世界主体也，只在制度上注意而不在人类上着想，此等汹汹不已，果何为者？

夫亦知人生在天地间不过数十寒暑乎。转瞬光阴，争杀何用？古人错矣，今人尚可不觉悟耶？果自以为天赋特别聪明才能予汝也，似应知世界有变迁，人类进化非退化，宜超然观察人类。对于全世界上人类，宜统盘打算，妥善安排，务使全世界上乐多苦少，建人类世界千古未有之伟业，岂不善哉？何必欲以人类为器物已亦不免为傀儡，苦人自苦，既害人类，又悖天道。此种思想，此种举动，又能持久乎？长此不变，势必争杀循环报复不已，不仅本身为人机器刍狗，甚至将来子子孙孙亦不免为人机器刍狗，则世界永无安宁之日，人类永无自了之时，光明世界无异黑暗地狱矣。

至今之讲功利者，吾旷目观之，亦不过小力细工，一幕之电幻剧耳。一时以器物人类为快者，不转瞬间，已亦为人器物矣，或同时已为人之器物而犹不自知也，尚何足以自豪耶？聪明乎？冥顽乎？吾愿好功利，重物质，重制度，而不重人类者自思之。

吁，世界上究何谓刍狗机器耶？先就过去者而观之。试一读世界各部落（即各国）其由物质所演之陈腐历史，可以了然矣。凡古昔之所谓首领也，走卒也，富贵也，功名也，宫室也，车马也，子女也，财货也，种种装饰，种种体面，岂天然所应有者乎？抑人类欲望所组成者乎？更如无端而产出之出类拔萃野心豪杰，喜怒无常，生杀由己，世界上人类之葬于此环境者不知若干数量，此不知若干数量之人类非刍狗机器而何。更就现在观之，则世界上各国之所谓政党也，会也，派也，种种组织也，种种编制也，更如海陆军也，成群成队，不可计数。巧立名称，别以服色，利用指挥，努力奋斗，此等被约束被驱使之人类非刍狗机器而何？

再就我国现在而观之，其为帝国主义走狗军阀官僚扛旗执伞之徒，握武器横行之类，昏庸无耻，直下等刍狗机器耳，原不足论，即如自命革新之士，被解放之民众，试以触吾目者而言之，商埠都邑群众游行，千百成队，雨天泥地，跋涉往来，寒暑不避，手执旗帜，得意扬扬，迷迷糊糊，由人指挥，狂呼怪叫。不知所谓此等盲从，此等举动，试闭目思之，非刍狗机器而何？

吾更进一步言之，即如佛道寺院之游手好闲之和尚道士，寂寂默默，无年无月，拜跪祷祝，口唱佛号；又如耶稣、天主、回回教，礼拜堂中，无数之老少男女，为环境所迫，枯坐迷思，任人进退，无知无识，昏昏瞶瞶；又如执枪斗士，奋勇冲锋，千辛万苦，视死如归，失其本性，吾固敬之悯之。然究为何主义而战，至死不明，此又非刍狗机器而何？

呜呼！吾中国今日可谓刍狗机器主义之大贩卖所矣。吾哀之，吾重哀之！夫其为帝国主义走狗，其为人刍狗机器者，不足道矣，吾独悯社会上之种种阶级民众，吾更悯所谓为主义而牺牲者，又何所谓耶？夫以自然纯洁之人类，横遭此等制造使用之苦，尚有人类兴趣乎？吾中国数千年来，只以不脱刍狗人类主义，致人类饱受蹂躏，今更新学输入，举国若狂，非又加一层刍狗机器之痛苦乎？潮流如此，环境如此，可不惧之哉？

夫人类与机器刍狗之别，就以上各条比较观之，则可以明矣。至□□□□□也，其视人类更如器物，束缚压迫，诱惑驱使，酷于前代。所谓训练教养，取缔淘汰，精刻严密，故其招人□□也，无异工厂之选购机器也；训练教养□□也，无异工场之选择材料，精求图样之制造机器也；其排斥不适用□□也，无异工厂之淘汰使用过期之腐坏机器也；其设备组织、规定党纲、严守纪律也， 无异工厂细心使用机器， 不许机器错乱也·， 其预为养成青年□□也，更不啻如工厂预知机器定有使用年限，拟届所限，好准备新式机器更换也。吁，此种唯物主义与欧洲各国之资本万能主义有出入乎?·纵使达其最终目的，亦不过如英法德俄昔日之所演欧战悲剧惨痛相等耳，于人类何益之有?·试思昔日欧战，犹使吾人今日心悸也。据调查报告，各国于其时之牺牲于争战，或牺牲于改造者（俄国）英德法，无不逾三四百万之众，俄则逾七百余万之众（俄死于改革者逾四百余万，革命后制度不良，受饥馑之祸）。夫以此活人驱入屠场毫不爱惜，岂仁者之心乎?·上天之意乎?·纵事后赐以爱国、爱主义之嘉名，记以功勋，树以丰碑，传诸后世，然此等流芳，不啻人类之悲痛历史也。其遭此浩劫，何异为国家、为主义之刍狗机器，实不足取也。而若辈迄至今日，犹汹汹不已，甘自作孽，已为魔鬼视人畜类荒唐行为。吾无以名之，曰『反人类主义』可也。

人类万物之灵者也，苟见微知著，睹此横流，能弗惊惧？况山河可变，人类不灭也。其过去及现在者，不论可也，则将来者，其将如之何乎？抑任其自然乎？不欲挽救乎？吾想凡有血气者，无有欲常此沉沦也；更考世间之发生所谓阶级争斗、资本劳动冲突，社会鼎沸，万物失序者，乃人类中一个人发生妄念，致影响于全体也，非全体影响于个人也。盖欧洲学者，千变万化，总不脱重物质，轻人类之弊，只知衣食住为人生不可须臾离者，不知太古时代，人类之需求本极单简，人生渐繁，嗜欲渐多，真璞渐失，习渐性成，纵欲妄为，演无止境，遂使社会上但见物质权威。物质可以支配人类，而人类亦渐感物质支配之苦，每思在物质上调和而不知在人类上着想，自主奴人，主义纷讲，适当解决，总无其日。吾静思之，倘人人能味得颜子，一箪食，一瓢饮，在陋室，不改其乐之滋味，则不仅推倒唯物之论，而世间之资本劳动冲突及阶级争斗之现象，自不能存于天地间矣，人类又谁能刍狗机器之耶？

夫由此观之，天之对于人类，原非欲刍狗之也。人类之为刍狗者，自甘受物质支配故也。苟重精神而轻物质，则环境自佳，人类自适天堂地狱，不必于身外求之。吾愿我人类群起而倡此人类主义。

夫何谓人类主义也？使人类不丧失其天赋之权能，熙熙攘攘，陶然自得，有乐无苦，各得其所之谓也。即古人所云：老安少怀，壮者耕织，不受外界丝毫强迫，顺其天然，由其本性之谓也。惜人类进化，社会亦因之进化，世界上已由简单而趋复杂，单纯时代既过，人类环境变迁，更以科学作祟。物质发达，虚灵渐昧，易被诱惑，欲望日高，人类自苦，冲突竞争，惟暇自图。自图愈猛，以人为刍狗之念愈多。于是纷纷扰扰，造成此举世俱苦之局矣。人类主义者，重精神而轻物质者也，杀私欲而脱逃诱惑者也。以简驭繁，求根本而不务枝叶，非仅治病而不顾命者也，已固不愿为刍狗，而亦不欲视人为刍狗者也。

古人贤哲，聪明仁慧，固历代有人，然多束缚于历史观念，而能彻头彻底跳出此范围者甚少。故人类问题，至今未能解决。近世学者，其聪明仁慧虽与古无异，然为私欲所蒙，动辄离道。独孙中山先生，仁慧常存，创三民主义，尚处处为人类打算。噫，其数千年所失者，而将收获于今日乎？

夫自古贤圣其发明种种真理者，往往受环境压迫，苦中得来，孙中山先生亦然。先生一生挫折无数，奔走颠连，辛劳至死。其晚年也，更睹环境恶劣，人生痛苦，故运其聪明头脑，倡此『三民主义』。就其大处观之，无不以解决人类痛苦为前提，颇有与我所谓『人类主义』者暗合。其言『民族』也，似不欲受外界蹂躏也；其言『民权』也，似欲使人类保全其天赋之权也；其言『民生』也，确欲众生饱食暖衣，不受经济之压迫，不受物质之支配，安宁和乐，各得其所也。吁，中山先生诚有心人焉。似以人类为重者也，诚知人类为刍狗机器者非也，诚知解决人类问题为紧要矣。吾愿今之为中山先生信徒者，及负有继先生实行此主义之责者，勿徒在形式，忘其精神，致南辕北辙也。吾更有进者，古人言曰：『圣人之道，为而不争。』且所谓为者，非仅破坏而已也。况人类数千年来，被一群自命英雄豪杰贤智者当作器物，岁月不息，惫败已极，而尤以近代功利主义（唯物主义）发达，利用人类为纵欲工具，试验物品。例如我中国，被帝国主义及类似帝国主义，甚似帝国主义者侵略压迫，失其自由。苟不体天之心，行天之道？远师古圣先贤悲悯人类之术，近行中山先生温和『三民主义』，顺其程序，敬惧为之，则人类尚能出水火，登衽席㈧乎？

吾斟酌今古，大胆拟定实行人类主义，顺序如左。愿感受人类痛苦者，研究焉。

一、先将以百性自奉者（不仅官僚军阀，即藉主义为恶者，富而不仁者亦在其内），打倒铲除干净，再速施行合乎人类之道。俾人类逃出今日为人刍狗之苦，使享有天赋之权，自然之乐。

二、普及人类教育，使已失人类本性者，恢复其本性；未失本性者，保全其本性。自然而然，入于人类轨道。帝国主义、刍狗人类之思想，固应使其觉悟，不再发作，即更抱世界野心者，亦使其对人类断念。

三、提倡勤俭生活，消灭人欲妄念，使环境舒适，免被诱惑为人刍狗。凡表同情于人类主义者，坚定恪守（不尚贤，不贵难得之货，不见可欲）之信条，不为外务所摇，使物质失其效力。

呜呼！义大利汎系党[九]抱定主义，努力进行，不过五稔[一〇]，已奏大功。印度甘地，以一个人之模范，风行全印，且能抵御潮流。吾人类果能确觉迷梦，坚决作去。吾敢断言，比较义大利、印度为□□□□□逸一良法，千古未有之伟业，不在万里外之邻邦，而在吾□□□也。世人□勿忽之。

民国十六年春三月写于渤海舟中 《舟中随笔》三集

注释：

㈠伊尹：名挚（前一六四九—前一五四九），商朝初年著名丞相、政治家，中华厨祖。前一六〇〇年，辅助商汤灭夏朝。商朝建立后，出任丞相，整顿吏治，洞察民情，经济比较繁荣，政治较为清明。

㈡周公：姬姓，周氏，名旦，又称周文公等，周初年政治家，第一代周公。曾提出『敬德保民』之说，并制礼作乐，建立典章制度。其言论见于《尚书〈金縢〉〈无逸〉》诸篇。其思想对儒家的形成起了奠基作用。汉代儒家将周公、孔子并称为『周孔』。

㈢管仲（前七二五—前六四五），姬姓，管氏，名夷吾，字仲，谥敬，被后世尊称为管子，安徽颍上人。春秋时代法家代表人物，齐国的政治家、哲学家，中国历史上宰相的典范。

㈣庐梭：让—雅克·卢梭，法国著名启蒙思想家、哲学家。其著作《科学和艺术的进步对改良风俗是否有益》及《论人类不平等的起源与基础》确定了其在哲学史上的地位，而《社会契约论》是其民主政治思想的集中表现。

㈤达而文：人类进化论的奠基人，英国生物学家，今译名为达尔文。

㊅托尔思泰：俄国文学家，今译名为托尔斯泰。

㊆比斯马克：奥托·爱德华·利奥波德·冯·俾斯麦（一八一五—一八九八）。十九世纪德国最卓越的政治家，普鲁士王国首相、德意志帝国首任宰相，人称『铁血宰相』『德国的建筑师』及『德国的领航员』。任首相期间，通过一系列铁血战争统一德意志，并成为德意志帝国第一任宰相（又译『帝国总理』）。通过立法，建立了世界上最早的工人养老金、健康和医疗保险及社会保险制度。一八九〇年三月，向威廉二世呈辞，正式下野，结束了三十余年的执政。著有回忆录《思考与回忆》。

㊇衽席：指床褥与莞簟。《周礼·天官·玉府》：『掌王之燕衣服、衽席、牀笫、凡亵器。』郑玄注引郑司农曰：『衽席，单席也。』钱玄同《三礼名物通释·衣服·袚舄》：『衽席之制，牀上版曰笫，亦曰箦。笫上之席曰莞，亦曰簟。簟上加衽，衽即褥。』此处借指为太平安居的生活。

㊈义大利汎系党：今译意大利法西斯蒂党。法西斯蒂，是意大利墨索里尼革命时代的行动理论及所领导的组织名称之音译。意大利的原名是 Fascisti，名词语源出于拉丁字 Fascis 和意大利文 Fascio，『团结』之意。

㊉五稔：《广雅·释诂》：『稔，年也。』古代谷一熟为年，五稔即为五年。

致孙科公开信

哲生先生大鉴：

革命以来，法则未备，制度未良，用人行政不善。君长铁部[一]，余办沧石[二]，其初尚私幸君为我所崇拜之中山先生的哲嗣，既亲受教训，或略知典型，故喜与论事，乐与周旋。更以北方各省，地僻民贫，生路有限，端赖发展交通，将腹地所藏矿产设法输出海外，民困既苏，社会经济方有转机希望。故不畏难，不惮烦，欲将沧石铁路完成，勿使英商开滦矿局垄断煤之市场，期副中山先生所谓『民生主义』也。

故十七年冬，在宁[三]曾屡次与铁部协商，筹款筑路。不意足下一筹莫展，徒见纸上空文。更痛足下手订之中美航空借款，合同丧失权利之大，为世惊疑！于是战战兢兢，不敢轻负此重责。幸赖中山先生九原有灵，使足下一时聪明，虚心从善，许我进行。更喜数月之奔走计画，得有成绩——能与华昌公司订定一无折扣，不干涉路权之平等草约。方以为北方垂毙民生，从此有向荣之望。不料足下自北回南，忽为雕虫小技者流及陈炯明㊃余孽所左右，硬吹毛求疵，推翻前议。竟忘却在北平北京饭店之言语行为，信义不讲，黑白不分，自以为居上可以欺下，儿戏胡闹，不问事实。

澄早知足下无常识、无信用至此地步，则何苦不可与言而言之？足下程度既如此，且顾念中山先生之旧情，真不忍宣布事实，使中山先生在九原有所不安，及国民政府体面信用失坠可惜，故欲言不言者久矣。嗣见足下，毫无改悔，且欺辱愈甚，更以事关重大，不能不将兹事经过情形略为说之，庶天下人得明白此中真正曲直。余岂好辩哉，余不得已也。

十八年春，见足下对于沧石毫无切实办法，始不得已商得足下同意，议借外资。因利用外资发展实业，亦为中山先生所许也。余遂将法商法亚银行借款合同及日商华昌公司借款合同各一份，亲携至南京，面交足下，请慎重研究审查。次日午后，足下即遣梁寒操[五]持原合同及批二道来余寓。时余寓安乐酒店，有立法院委员王太蕤[六]先生在座。梁君并传达足下之言，谓『法亚合同，吃亏太大，无商量余地』（批法亚文亦如此云云，原批存沧石局中）；『至华昌合同尚好，能按修正之点修正之，即可照办』。并促余从速为之。

余遂又回北平。与前途[七]磋商再四，幸渐就范。七月下旬，足下适因事至平，余持修正合同当面请示，继又得批示，仍有细微之处须再修正。批文为：『呈悉。仰依照二次修正标准再向该公司接洽，俟得圆满解决即订定草约呈。俟核办可也。此批。』于是，余又向前途磋商。并恐能力薄弱，一人不易负此重责，遂约该公司代表市吉御夫至北京饭店足下寓所，当面直接磋商。幸重要及细微各点，逐件解决。是日午后，即奉到批示。批文为：『呈悉。准将所订定草约先行签定，汇呈本部以凭转呈国民政府核办。仰即遵照。此批。』此乃七月卅一日之事。此批是由梁寒操亲手交余，且交余地点在东四牌楼三条胡同王徵[八]宅。时足下正讌吾辈于其宅也。有河北省建设厅长温静庵[九]先生等在座，且曾目睹之。夫以此等确实行为，苟少有脑筋，当不易忘却。余以此事，非个人私事可比，故处处遵照上级机关之意旨而行，固手续无错误也。

乃不意足下两次来文，谓澄私订借款合同。此种违法行为，澄纵至愚，何敢出此？实不便承受此种诬蔑也。盖接洽此合同，不仅有足下数回批示，即最末亦有批令代签草约之文。且足下在北京饭店曾与华昌公司代表市吉当面磋商，真凭确据，有案可查，今乃一概抹杀，牵强锻炼，故入人罪。殊不知，此事澄处处有根据。纵有错误，足下应负其责，我不负责也。足下纵善忘其言语，则能消灭其证据乎？要之，沧石铁路，曾经北平政治分会通过提前兴筑者；更经中央政治会议议决兴筑者；且经铁部统盘规划，定为在第一期兴筑并提交国府会议议决通过者，均有案可查。足下之仅注意粤汉及陇海，而对北方之沧石，不仅不照国府会议议决案实行，且反反覆覆，颠颠倒倒。更有不可解者，足下准许石岐[10]民办一事，突如其来也。查石岐即是由石家庄至岐口，与沧石同一线路。纵足下敢以部令变更国府议决案，然不知一条路上能修两条铁轨乎？其呈请承办者，固有指鹿为马之可恶，而足下胆壮如此，亦可骇矣！且更有可笑者，十八年八月卅日，尚批其来呈谓：『呈悉。沧石线为国有铁路，不能改为民办，所请拟难照准。仰即知照。』而同年同月卅一日，忽批其来函谓：『函悉。石岐支路兹据该商愿意承办，并称商款有着，仍担保三事：（一）如延不兴工，（二）如有外款影射，（三）或至年半期满不能竣工，愿请处分等语，复准。将所认定之第一期股款三百万元汇集现金，本部并指定上海中央银行为存款处，验资后再行核定。此批。』夫无论此事能否实现，乃另一问题。要知国家法令，政府机关谁应不遵守之？夫类于卅一日之批示，足下尚知有政治会议议决案，国府会议议决案乎？非违法而何？且仅隔一日，前后矛盾。若此，岂不论何事，有钱即可耶？足下似不知马非鹿矣？

吾想足下批使余签字草约在前，办理在北平；批石岐商办在后，办理在南京。或部中群小不知究竟，轻率受商人之欺蒙，足下大有两难之苦。故至九月间，余亲持合同送部时，不得不昧其天良，坠其信用，而与余大开玩笑也。吾愿足下平旦思之。中华民国，不容武断专制也。吾当初之敬爱足下者，非封建思想，乃友谊感情也。盖吾视中山先生有尧之明，有刘豫州㈢之贤，惜足下不及尧与刘豫州耳。既少读有用之书，又不知党国之艰危。只凭籍先人馀荫，而妄敢担任国事，致为群小愚弄，小题大作，贻笑中外，同志痛心，敌党快意。呜呼！可以已矣。更须知此中华民国乃中山先生所最宝爱，亦四万万人民所托命者。古人云：『四维不张，国乃灭亡。』足下苟不度得量力，仍为他人傀儡，对党国则曰不忠，对中山先生则曰不孝。不忠不孝，谁爱护之？

吾与中山先生有三十馀年之交游情感，特以爱足下之深，自不觉言之痛切。尚望足下曲谅忠告，早自觉悟，引咎勇退，闭户读书，党国幸甚。顺颂

道祺

何澄启

一九三〇年　原刊报章不详

注释：

㈠铁部：一九二八年国民政府成立的铁道部简称，孙科为首任部长。

㈡沧石：河北沧州——石家庄铁路，何澄时为沧石铁路工程局局长。

㈢宁：南京简称。『江宁』，历史上曾为南京的县、郡、府名。

㈣陈炯明（一八七八—一九三三），字竞存，惠州海丰人。曾任粤军总司令、广东省省长、中华民国

陆军部陆军总长兼内务部内务总长。主政广东期间，推动广东建设，设立广州市。政治上主张联省自治，反对国民革命军北伐。一九二二年『六·一六事变』后，被迫解散军队，退居香港。『九·一八』事变后，日本人曾送他八万元支票，其在支票上打叉退还。

㊄梁寒操（一八九九—一九七五），号均默，广东高要人。一九二三年，毕业于广东高等师范学校（中山大学前身），任广州培正中学国文教席，并加入中国国民党。一九二五年，获汪精卫招聘，到国民政府秘书处就职。一九二七年，应孙科招聘，任武汉国民政府交通部秘书；同年夏，任武汉国民党中央党部书记长。南京和武汉国民政府合作合流后，随孙科任财政部参事。一九二八年，任铁道部主任秘书；一九三一年，升任总务司司长。一九三三年，孙科任立法院长，任命其为立法委员兼立法院秘书长。一九三五年，当选国民党五届中央执行委员（第六届连任）。一九三九年，任军事委员会委员长桂林行营政治部主任。一九四〇年，任军事委员会总政治部副部长。同年，兼任中国远征军政治部主任。一九四三年，任国民党中央宣传部部长兼『三民主义丛书』编纂委员会主任委员。一九四四年，任国防最高委员会副秘书长。一九四九年赴香港，任香港培正中学、新亚书院教官。一九五四年赴台湾，任『中国广播公司』董事长。一九五七年，当选国民党第八届中央评议委员（第九届连任）。一九七五年，任『总统府』国策顾问。著有《西行乱唱》《三民主义理论之探讨》等。

㊅王太蕤，即王用宾（一八八一—一九四四），字利臣、理成，号太蕤，别号鹤村，室名半隐园，山西猗氏县人（今临猗）。早年入山西大学堂。一九〇四年，考选留日学生，入日本法政大学。一九〇五年加入中国同盟会，嗣充同盟会山西支部长，并与景梅九、刘翼若、景太昭（耀月）创刊《晋话报》，又设《晋阳公报》于太原。归国后，任《晋阳公报》总编辑。太原光复，被推为河东兵节度使，组河东军政府于运城。民国成立，被选为山西临时省议会议长。一九一三年，当选第一届国会参议院议员。一九二〇年，被任命为孙中山大元帅府、总统府、大本营及国民党本部参议。嗣奉派为北方特派员，两次自粤北上，联系段祺瑞、张作霖赞助革命。一九二三年，任中国国民党山西省支部筹备处长。一九二四年，作为山西代表参加了中国国民党第一次全国代表大会。同年十月，奉孙中山之命，入豫助国民二军胡景翼部，任河南省长公署秘书长，代行省长职务。一九二八年，任国民革命军南路军总参议。同年十月，任北平政治分会秘书长。嗣年起，连任两届立法院立法委员，并任国民政府立法院法制及财政委员会委员长。一九三一年，奉派兼考试院考选委员会副委员长。一九三二年，特任考选委员会委员长。一九三四年，调任国民政府司法行政部部长，以党化司法为鹄，并施行三级三审制；新设高等法院分院五十二院，增设各省地方法院二百院，县司法处九百余处。一九三五年，当选为国民党中央执行委员。一九三七年，改任中央公务员惩戒委员会委员长，迁渝就职。国民政府曾先后颁给二等大绶彩玉勋章及二等大绶景星

勋章。其文字学造诣甚深，喜吟咏，有《半隐园诗草》行世。

㈦前途：日商华昌公司经理；或为殷汝耕之字号、别署。

㈧王徵（一八八七—？），字文伯，吉林宁安县（今黑龙江省）人。早年赴美国留学，入哥伦比亚大学学习经济学，获得硕士学位。胡适、蒋梦麟为其学长。一九一九年归国后，曾任北京大学教授，后赴日本考察。归国后即辞北大教职，任新银团秘书。一九二七年，任南京国民政府财政部钱币司司长。一九二八年，任铁道部常务次长。一九三五年，任立法院立法委员。一九三六年，任浙江省建设厅厅长。一九四一年，任国防最高委员会军事委员会委员长侍从室参事室参事。抗战胜利后，任长春铁路公司监事会副监事长，全国经济委员会编译室专员。一九四八年，任国民政府行政院政务委员。后赴美国定居。

㈨温静庵，即温寿泉（一八八一—一九五五），字静庵，山西洪洞人。一九〇二年入山西武备学堂，后赴日，入陆军士官学校。一九〇五年加入中国同盟会。回国后任山西大学堂兵学教员。辛亥革命期间，太原起义，被选为山西副都督、山西军政府军政部长。中原大战，出任阎锡山总参赞。一九四七年，当选为国民代表大会代表。一九四八年，任傅作义高级顾问。中华人民共和国成立后，为北京市文史研究馆馆员。

㈩石岐：石家庄至沧州岐口铁路。

〔二〕刘豫州，即刘备。吕布偷袭徐州，刘备战败，前往许都投奔曹操。曹操表奏刘备为豫州牧，后人遂将任职处『豫州』为其代称。诸葛亮：『刘豫州王室之胄，英才盖世，众士慕仰，若水之归海，若事之不济，此乃天也，安能复为之下乎。』

日本之所谓大东亚主义

日本之垂涎中国土地，轻视中国人民由来已久，远自丰臣秀吉〔一〕、西乡隆盛〔二〕、伊藤博文等，近至土肥原、板垣等，无一不抱此侵略野心。其对中国方法、手段虽有缓急之别，而欲并吞中国则同也。

其初，世人多轻视此小国，不为注意，至甲午中东之战开始，始为世人所共晓。幸彼时中国正在西洋列强均势之下，且日本羽毛尚未十分丰满，故虽战胜仍不能遂其大欲，只能割台湾、租旅大、并朝鲜而已，且知中国虽上下昧弱，而土广人众，社会复杂，一口难吞巨象，于是换用种种利诱手段，所谓同文同种应亲善也，帮助『变法维新』也，更于清季援助革命党革命也，民初之收容亡命助其卷土重来也，更由其朝野浪人如犬养毅㊂、头山满㊃等等奔走挑拨，分立南北也。万法不离一宗，无非欲打倒握有中国主权之统一政府，而使其分裂紊乱，举国不安，好趁火打劫，以便遇机并吞此不能自立，而又不自知昧弱之中国也。故中国无论何人何派执政，只要其少能为国谋强或欲防彼侵略，则不惜用种种方法以阴之。袁世凯之倒也，非西南革命军也；曹锟之倒也，非冯玉祥也；张作霖之出关被炸也，非国民革命军之阎锡山也；阎与蒋战也，李、白之以抗日倒蒋也，其内幕无不有日人指挥策动也。其后，以利用宋哲元、韩复榘、阎锡山、李宗仁、白崇禧等藉口抗日为倒蒋之策难行，于是变其『以华制华』之术而为自己出马，实行侵略之举——奉天之变，卢沟桥之变，上海之变，均有精密计划，况非偶然。然又知整个并吞难于零碎侵占，于是广为利用奸人于其占据区域内组织种种政府，然仍不欲其统一扩大也。故宣统[五]虽许组织非驴非马之满洲国，而不许其恢复清朝；以王克敏组织临时政府，而硬割河北、山西两省之数县；于内蒙而使德王组织蒙疆政府，又于南京以梁鸿志组织维新政府与临时政府并立，更引诱失节之国民党汪精卫组织所谓还都中央政府，以破重庆抗日之阵线。奸人惟恐不来组织，惟恐不多，诚欲割裂中国为无数之国，引诱中国之人为无数派，操纵指挥，以便吞并。其利令智昏，甘为汉奸者固迷昧于局中处之不觉，然少细心研求，则甚明显，其用意无非欲化整为零，零吞统制也，以遂其大东亚称雄之志也。

近则更分头猛进，其对重庆拆基破阵之术，无孔不入。其潜居香港一带之浪人、军人、政客不下七八派，表面上似各不相容，实则都由其东京最高之大本营指使之也。例如，西义显[六]之与张竞立[七]、钱新之[八]、周作民[九]等等；萱野[一〇]之与孙科等等；最近田中隆吉[一一]之与阎锡山等等，五方八门，各尽其妙。盖欲先破抗日之阵线，而后再分割之，并吞之，细咽之也。呜呼！国势危急至此，汉奸如毛！彼汉奸固天良早已丧尽，不足深责；所可痛者，即自命抗日且主张抗日，更逼政府非抗日不合作者，亦别有肺肝暗中通敌，阻扰抗战且利用抗战而图私利，其较真汉奸更为可虑。民族卑劣如此不可测，如此宜敌国之不得中国不心死也。吁！

注释：

㈠丰臣秀吉（一五三七—一五九八），原姓木下。因事奉其主织田信长而逐渐发迹。织田死后在内部斗争中胜出，成为织田信长实质的接班人，任关白、太政大臣等官职，兴筑大阪城，并通过不断征伐与收编各方势力，实现日本自十五世纪中叶后的首次政治统一。掌权期间强化武士阶层，发动朝鲜战争，战事末期逝世。与同时代的织田信长、德川家康并称日本战国时代『三英杰』。

㈡西乡隆盛（一八二八—一八七七），日本江户时代末期（幕末）萨摩藩武士、军人、政治家，与木户孝允、大久保利通等人并称『维新三杰』。其尚武精神和军国主义思想，深植在日本军人心中，也为日本之后的军国主义发展带来灾难性的影响。

㊂犬养毅（一八五五—一九三二），通称仙次郎，号木堂。日本政治家，第二十九任日本内阁总理大臣，立宪政友会第六任总裁。一八八二年入大隈重信组织的立宪改进党。一八九〇年当选第一批众议院议员。一八九八年任大隈重信内阁文部大臣。一九三一年十二月，立宪民政党若槻礼次郎内阁倒台，犬养作为反对党总裁被授命组阁，出任日本第二十九任内阁总理大臣。任职期间，日本国内激进民族主义势力十分猖狂，先后制造樱田门、血盟团等恐怖事件。一九三二年五月十五日，海军激进军人经密谋后袭击首相官邸，将犬养毅乱枪打死，史称『五一五事件』。犬养毅善演说，思路明晰，尖锐犀利，不讲废话，令听者无不感到背后发冷。其当政时，致力于实现普通选举，提出『经济性』军备论、东南亚进军论、产业立国论等政策理念。曾庇护过孙中山与蒋介石等。

㊃头山满（一八五五—一九四四），二十世纪初日本右翼政治领袖、军商，极端国家主义秘密团体黑龙会创办人。甲午战争前夕，组织『天佑侠』，先行布置于韩国辅助『日本帝国皇军』侵韩。清廷与日本签署《马关条约》前，李鸿章谋交德、俄、法三国，干涉还辽，迫日本政府归还辽东半岛，导致其不满，日人小山六之介持手枪刺伤李鸿章，盛传为其唆使所为。辛亥革命前，亲自潜入中国指挥黑龙会相机行事；辛亥革命成功后，支持孙中山的中华民国临时政

府。之后，辞去在日本政府里的所有公职，接着退出黑龙会，不再过问江湖世事，开始灵修并著作。其撰写的《三舟传记》（《胜海舟》《高桥尼舟》《山冈鉄舟》），对日本社会极具影响力。

㊄宣统：末代皇帝溥仪在位时年号。溥仪（一九〇六—一九六七），爱新觉罗氏，名溥仪，乳名『午格』，字耀之，号浩然，英文名 Henry（亨利），清朝入关以来的第十位也是最后一位皇帝。即位时年仅三岁，实权由其父摄政王载沣掌握。辛亥革命后，被袁世凯逼迫退位，清朝就此覆灭。溥仪曾于一九一七年短暂复辟。一九三二年，被日本帝国扶持为伪满洲国执政。一九三四年正式登基称帝，年号康德。

㊅西义显：日本南满铁道株式会社驻南京办事处主任。著有《日华『和平工作』秘史》。

㊆张竞立，字彬人，浙江海宁人。毕业于日本东京高等商业学校。回国后曾在清邮传部和大清银行任职。入民国，任北洋政府交通部科长，后任中国银行总行发行局局长、长春分行行长。北京国立政法专门学校、交通大学教授。一九三二年六月，任南京国民政府铁道部会计处会计长；一九三四年改任铁道部财政司司长。一九三八年九月，任国民政府交通部财政司司长，一九四〇年七月去职，改任中业信托银行董事长。

㊇钱新之（一八八五—一九五八），名永铭，以字行，浙江吴兴人。十二岁进沪儒王培孙的育才书塾（后为南洋中学），毕业后入北洋大学习财政经济。一九〇二年，得官费留学日本，入神户高等商业学校

攻读财政经济和银行学。民国肇建，任北京政府农工商部会计科长。一九一五年，被中国银行聘为无锡分行经理。一九一七年，任交通银行上海分行副理。一九一九年，升任经理。一九二三年，为协理，实持其事。一九二七年，国民政府定都南京，任财政部次长、代理部长。一九二八年十月，任中央银行理事；十一月，任浙江省政府委员兼财政厅厅长。一九二九年，辞谢政务，任山东枣庄中兴煤矿总经理，至是成立中兴轮船公司。一九三〇年，任中法银行中国董事会主席。抗日军兴，与杜月笙等组织上海各界抗敌后援会。一九三八年六月，当选为第一届重庆国民参政会参政员；八月，任交通银行董事长。上海复旦大学迁至重庆后，以董事长兼任校长。又创办太平洋保险公司，以为企业界之保障。一九四六年，组建复兴航业公司，任董事长。同年当选『行宪国民大会』第一届代表，并任上海闸北水电公司、中国盐业公司、上海《新闻报》等机构董事长。一九四九年去香港。一九五四年赴台定居。

㊈周作民（一八八四—一九五五），江苏淮安人。一八九九年，入读罗振玉在上海举办的东文学堂。一九〇六年，考取广东官费赴日留学学额，入京都第三高等学校财政经济科。一毕业回国后，在南洋法政学政学堂任翻译。一九一二年，任南京临时政府财政部库藏司科长。一九一四年，任北京政府财政部库藏司司长，兼财政部驻交通银行国库稽核。一九一五年，进交通银行任稽核课主任，旋任芜湖分行经理。一九一七年五月，任金城银行总经理。一九三一年九月，任南京国民政府全国经济委员会委员等。

上海沦陷后赴港。太平洋战争爆发，被日军拘留，一九四二年三月，被遣送回上海。一九四三年，被汪伪政权发表为『全国经济委员会』常务委员。一九四五年十月十八日，军统局特工于将其逮捕，后经杜月笙等人力保，方得释放；十月二十四日，又遭汤恩伯第三方面军二处派兵至寓宅搜捕，恰不在家。一九四六年一月，亲赴重庆见蒋介石，得一『沦陷期间为中央秘密工作，请分令有关机关加以保护，以免误会』的手札。一九四八年十月，赴港。一九五〇年，由香港回到上海，当选为全国政协委员。一九五一年九月，建议成立『北五行』（盐业、金城、中南、大陆、联合商业储蓄信托五银行）公私合营联合部管理处，并出任董事长。一九五二年二月，出任由六十余家银行、银号和钱庄组成的公私合营银行联合董事会副董事长。一九五五年春，赴上海视察行务，心脏病突发去世。

⑩萱野（一八七三—一九四七），日本高知县人。一九〇五年，中国同盟会在东京成立，其即加盟，随后与他人出版《革命评论》，与同盟会《民报》相互应。一九〇七年，孙中山策划潮、惠、钦、廉四府起义，任命萱野为革命军东军顾问，襄助都督。辛亥革命，应黄兴电召到华，赴武汉助黄兴策划战事。一九一五年，孙中山委任其为中华革命军东北军顾问。一九二三年，孙中山第三次开府广州，委任其为调查戒烟事宜委员。一九二五年，孙中山在北京病危，受犬养毅、头山满委托，赴北京慰疾，与孙中山作最后一次谈话。后应邀参加了北京治丧活动以及一九二九年的奉安大典。著有《中华民国革命秘笈》。

㊁田中隆吉（一八九三—一九七二），日本陆军省兵务局长、中将。一九二一年毕业于陆军大学。一九二三年开始在日军参谋本部任职。一九二七年任张家口特务机关特派员。一九三〇年，任日本驻上海领事馆武官，参与策划『第一次上海事变』。一九三五年，任关东军参谋部第二课情报参谋，后任德化特务机关长。一九三九年回国，在陆军省新成立的军务局任军务课长。一九四〇年三月，派为侵华日军第一军参谋长，意在招降阎锡山，未果。同年十月返国，任陆军省军务局长。一九四五年三月，被任命为罗津要塞司令官，因病解职。一九四六年，因出版《分析败因》一书，道出日本陆军内情，被卷进东京审判。

求危亡，方是真爱国者

以我推测，自己力量不能抵抗日本，他人援助恐无把握。苏俄以正统视之，且并不希望中国有办法，乃希望日本无办法者。美国视中日一样，并无轻重之别，如日本能敷衍他，他仍可如前之援助不停。日本前所用打中国之武器材料，以美国之赐为多。英国在欧洲大陆已无胜利，今已事实证明矣。英国到无可如何之时，什么事都为之，安能顾及到中国？美国援助英，尚如此迟缓，援助中国，岂肯迅速。今日之借给五千万金，不过给块糖吃，骗骗小孩子而已，不足延生命、救急病也。日本固极困难，然并不似我们推想之甚，彼时时刻刻以全国力量、精神，从事于此次战争。对美对俄，容或不足，然对中国，确尚有办法。至其政府人才，个人与个人比，或劣于我们；若以全体论，确优于我们。即以目前外交言，以建川[一]到苏俄运用之，以野村[二]到美国运用之——建川之功效已明，吾恐野村之事，不久亦必有惊人消息。如将来松冈[三]有美国之行，当必有类似苏俄之协定出世。要知美国是为自己，不能全为人家，苟能自己销灾免祸，则何爱于中国？中国执政者，尤其是外交人员，非有世界眼光、宏富知识、灵敏头脑、勤奋体气，有公无私之良心，则不足以应付此非常之遭遇。此时当整个考虑，斟酌轻重，缓急利害，而不犹豫的谋出路，求危亡，方是真爱国者。

卅年四月廿日

注释：

㊀建川美次（一八八〇—一九四五），日本陆军中将。毕业于日本陆军大学。一九四〇年十月接替东乡茂德成为新任日本驻苏大使。旋同莫洛托夫表示，日本希望同苏联缔结与一九三九年八月二十三日的苏德互不侵犯条约类似的苏日互不侵犯条约，两国之间的所有争议问题应在缔结互不侵犯条约之后解决，为《苏日中立条约》的签订立下汗马功劳。

㊁野村吉三郎（一八七七—一九六四），日本海军人、外交官、政治家。一八九八年日本海军兵学校二十六期毕业生。一九一八年任巡洋舰『八云号』舰长。一九二二年晋升为海军少将。一九二六年任军令部次长，同时晋升为海军中将。一九三二年『上海事变』时，任日本海军第三舰队司令官，支援『上海派遣军』作战。同年四月二十九日，在虹口公园举行的『天长节』庆祝会上，被朝鲜义士尹奉吉投掷炸

弹炸瞎右眼。一九三三年晋升为海军大将。在海军任职期间，以精通国际法而闻名。一九四一年，被近卫内第二届内阁派为日本驻美大使。在日本发动袭击珍珠港前，野村负责将日本中断同美国谈判的照会（实际上意味着战争）提交美国政府，但由于无线电解码的延误，这个照会送达美国国务卿科德尔·赫尔手中时战争已经爆发。野村被美国政府拘留囚禁，一九四二年被交换回国。二战结束后，受同乡松下幸之助之邀，担任松下电器产业旗下的日本胜利公司（JVC）第一任社长。一九五四年复入政坛，当选为参议员。

㊂松冈洋右（一八八一——一九四六），日本外交官，政治家。毕业于美国俄勒冈大学法学部。一九〇四年，通过外交官第一轮考试进入日本外务省。一九二一年，改任『南满铁路』理事，一九二七年升为副总裁，一九三五年任总裁。一九四〇年，第二次近卫内阁成立，成为外务大臣。一九四一年三月十三日，为庆祝『日德意三国同盟』成立一周年，访问德国和意大利。四月七日，重抵莫斯科。四月十三日，与斯大林签订《苏日中立条约》。该条约共四个条款，其第二条规定：『倘缔约国之一方成为一个或数个第三国敌对行动之对象时，则缔约国之他方，在冲突期间，即应始终遵守中立。』与此同时，苏日两国《共同宣言》亦有：遵照苏日于一九四一年四月十三日缔结之中立条约的精神，苏日双方政府为保证两国和平与友好邦交起见，兹特着重宣言：苏联誓当尊重『满洲国』之领土完整与神圣不可侵犯性；

日本誓当尊重『蒙古人民共和国』之领土完整与神圣不可侵犯性。于是，在这场狼狈为奸的交易中，蒙古和东北竟成了相互馈赠的供品。《苏日中立条约》和《共同宣言》使中国朝野极为震动。重庆国民政府外交部长王宠惠发表声明：『查东北四省及外蒙……为中华民国之领土……中国政府与人民对于第三国间所为妨害中国领土与行政完整之任何约定，决不能承认……苏日两国公布之共同宣言，对于中国绝对无效。』日本战败后，松冈被列为『甲级战犯』，被盟军最高司令部逮捕。因结核病恶化，只参加了『远东国际军事法庭』一次听证。一九四六年，在东京大学附属医院病死。

日本之与德国第五纵队[1]

……由巴尔干而东欧、英德之战方酣，苏德之战又起，除美洲半球外，几全世界无一得免。推究其故，日本实可祸首也。从犯尚受天罚，安有祸首而能逃免之理？今果已临到非决定不可之时矣。

然以国内政治多头外交错误，军事不仅准备未成，且因对中国作战已逾四年，消耗颇多，兵气衰老，民心虚弱，期进则无十分把握，不进则无时间。犹豫欲南进则非即与英美冲突不可，欲北进则非即与苏俄开仗不可。原欲侵进中国，独吃大陆，称霸亚洲，今则弄巧成拙，与温和之英美反目，与强横之德意为伍，想独吃者反须分吃，且不许白吃，通其先尽盟约之义务责任，而后再议吃否。如此害多利少的生意，使日本惟有徬徨焦虑，啼哭不得，有苦难说，后悔莫及。故如德意之承认南京等事，吾恐非日本此时所乐闻也。法意此举盖益使日本不能自由矣，益恐为人作嫁衣裳矣。夫以极自由之日本竟被德勾引强迫，至于举国遑遑，可见希特勒之第五纵队隐没之高明神秘也。日本凡亲德之军人、外交家、政客，皆受第五纵队之支配，所谓大岛㊁、白鸟㊂、中野㊃、桥本㊄等皆自命不凡，轻视老辈，殊不知已为第五纵队之工具矣。以据有国家思想之日本，安有不爱其国之理，今则以国为赌，甘为第五纵队之工具，似有不爱其国矣，岂非离奇之事乎？

要知人切不可有贪痴妄念，一有贪痴妄念则万魔附身矣。日本只图对地大物博、人民昧弱之中国起了一个无穷贪痴妄念，于是用尽种种方法策略而想得之。贪痴之念愈炽，则真正之大道愈昧，故日本自踌躇与中国开仗以来，除安分农工商外，其他心目中，只见侵中国之利，而不知离轨道，毁信义，开新例，反足自伤其身，自毙其命之害，甘寻苦恼……今日日本所处境遇情势已昭然矣。倘作孽未深，当知痛改前非，收心敛性，平心静气，而早图变计，虽然迷途已远，希望未死，惜甘为第五纵队工具者尚摩拳擦掌，非与老希（特勒）同生死不可，此固时势使然，亦关其国运民德……　　（以下缺文）

注释：

㈠第五纵队：内奸的代称。『第五纵队』一词，出现在二战前夕。西班牙叛军首领佛朗哥在纳粹德国的支持下进攻马德里。相传，当记者问佛朗哥哪支部队会首先攻占马德里时，他手下一位司令得意地说是『第五纵队』。其实佛朗哥当时只有四个纵队。所谓『第五纵队』即是潜伏于马德里的内奸。此后，『第五纵队』成为内奸或内线的代名词。希特勒的宣传部长戈培尔是德国『第五纵队』的直接培育者和指挥者，他认为，就算在对手内部不存在这股力量或力量很小，也要虚张声势，造成有一个非常强大的『第五纵队』的假象，以扰乱对手的阵脚。

㈡大岛浩（一八八六—一九七五），日本外交官兼间谍。一九三四年，出任日本驻德国大使馆武官，不久便和希特勒的外交政策顾问里宾特洛甫结交。在里宾特洛甫的引见下，与希特勒举行了秘密会晤，从此成了希特勒的忠实信徒。一九三八年，升任日本驻德国大使，促成了《反共产国际协定》和《德日意三国同盟条约》的签订。由于其对纳粹党意识形态的极度信仰，被希特勒称为『具有钢铁意志的真正的纳粹党人』。二战之初，大岛浩一直认为英国会屈膝投降，甚至到了盟军在诺曼底登陆前，还认为德军完全有能力在英国登陆。为此，作了一份报告提交给希特勒，其『乐观』和狂热的态度使一些德国高级将领也感到望尘莫及，背地里称其为『东方的歇斯底里症患者』。即使到了一九四五年，其依然深信纳粹德国会在战争中获胜。四月十三日，最后一次见到里宾特洛甫时，仍表示愿与『第三帝国』和『元首』共进退。日本战败后，被列为『甲级战犯』押回日本受审，并被判处无期徒刑。

㈢白鸟敏夫（一八八七—一九四九），日本千叶县人。毕业于东京大学法学部。一九一四年进入外务省，先后在香港、美国、中国和德国的外交机构服务。一九三〇年任外务省情报部部长。『九·一八』事变后，同外务省书记官长森恪和陆军省铃木贞一等人，主张日本退出国际联盟，并支持在中国东北建立傀儡政权。一九三八年，就任日本驻意大利大使，期间向日本政府施加影响，力促结成日德意轴心国三国同盟。一九四八年，被远东国际军事法庭判为甲级战犯，判处无期徒刑。

㊃中野正刚（一八八六—一九四三），日本福冈人。早稻田大学毕业。一九一八年，当选众议院议员，连选连任八届。『九·一八』事变后，鼓吹『立即承认满洲国』。一九三六年，组织法西斯政治团体东方会，对内鼓吹『昭和维新』，对外则叫嚷完成『大东亚战争』。一九四二年十一月二十日，其在早稻田大学六十周年校庆纪念会上作了题为《天下以一己而兴》的演说，呼吁大学生向官僚政治开火。大谈『天下兴亡，匹夫有责』，煽动学生都报名去当兵。接着，他又在日比谷公会堂对着四千名听众作了长达四小时的演说，矛头直指东条英机内阁。一九四三年元旦，又在《朝日新闻》发表了有名的《战时宰相论》，引证历史上名将相法国克里孟梭、俄国列宁、德国辛迪恩堡、诸葛亮、西乡隆盛、桂太郎等，高唱国家不会因为经济而灭亡，也不会因为败战而灭亡。国家只会因为领导人缺乏自信，民众不知所从而灭亡……一九四三年十月二十一日，警视厅『特高』将其和东方同志会等三个团体的一百几十个人悉数逮捕。罪名是『流言蜚语罪』——因为其曾对本团体内的青年说过：『日本要败了。』十月二十七日午夜，在自家

二楼剖腹自杀。

㊄桥本欣五郎（一八九〇—一九五七）。一九二〇年从日本陆军大学毕业。曾任海拉尔特务机关长、关东军司令部部员等职。一九三一年八月，与时在东京的关东军高级参谋坂垣征四郎大佐约定，『满洲方面的军事行动听凭关东军决定……然后断然发动政变』，时间约定为一个月之后，国内发动政变的时间则定为十月二十一日。由于政局突变和『九·一八』事变的缘故，至使政变流产，桥本的政变计划亦被陆军大尉田中清举报。十月十七日，陆军出动宪兵，将桥本等主谋抓捕拘留。一九三六年，效仿纳粹德国『一国一党』的法西斯理论，创建了『大日本青年党』，并亲任总裁，疯狂地为日本全面侵华制造舆论。一九三七年，任侵华日军华中方面军炮兵纵队长，公然无视国际法规，命令炮兵部队对停泊在南京附近长江中的所有舰船加以攻击。十二月十一日，击伤了英国军舰『帕特夫人号』，被解除军职，转入预备役，担任日军的苏俄情报员。一九四八年，被列为『甲级战犯』，远东国际军事法庭判处其无期徒刑，终身监禁。一九五五年获假释出狱。

世界各国非组织一个真民主国家不可

为一人之野心，为一族之繁荣，为一党之专，为一主义之实行，为部落，为一国而使人类牺牲痛苦，古今来真不胜数，真不忍追想。总而言之，都是人之浅识、偏见，只知自私自利，不知世界乃公有的，仅以豪杰自命，盗贼行为致世界无永久和平。试观以往中外历史纷扰，千年战争，百年战争，几无一无战争，最近更烈矣。第一次欧战未几时，今又成世界大战，几遍全球，不分海陆，人死于此劫者可以数千万计。

为永久和平起见，世界各国非组织一个真民主国家不可！人民须有绝对自由，人民须自由选择自己所愿意的主义和国家，政府论理应自由选择自己所愿的公仆。谁能使人民安乐，谁能克尽公仆之职，令谁来作公仆。凡压迫欺骗是不许的。果能如此，则世界自然可永久和平。

图书在版编目（CIP）数据

何澄诗文存稿／何澄著；苏华辑注．—太原：三晋出版社，2017.12

ISBN 978-7-5457-1581-1

Ⅰ．①何…　Ⅱ．①何…　②苏…Ⅲ．①诗集—中国—现代②随笔—作品集—中国—现代　Ⅳ．①I226②I266.1

中国版本图书馆 CIP 数据核字（2017）第 306487 号

何澄诗文存稿

著　　者　何　澄
辑 注 者　苏　华
责任编辑　田潇鸿
责任印制　李佳音
出 版 者　山西出版传媒集团·三晋出版社
　　　　　（原山西古籍出版社）
地　　址　太原市建设南路 21 号
邮　　编　030012
电　　话　0351-4922268（发行中心）
　　　　　0351-4956036（总编室）
　　　　　0351-4922203（印制部）
网　　址　http://www.sjcbs.cn
经 销 者　新华书店
承 印 者　山西基因印刷服务有限公司
开　　本　787mm × 960mm　1/16
印　　张　20.5
字　　数　140 千字
版　　次　2017 年 12 月　第 1 版
印　　次　2017 年 12 月　第 1 次印刷
书　　号　ISBN 978-7-5457-1581-1
定　　价　56.00 元